쥐뿔도 없는 회귀

쥐뿔도 없는 회귀 10

목마 퓨전 판타지 장편소설

초판 1쇄 찍은 날 | 2018년 10월 10일
초판 1쇄 펴낸 날 | 2018년 10월 17일

지은이 | 목마
펴낸이 | 예경원

기획 | 위시북스
편집책임 | 이규재
편집 | 위시북스

펴낸곳 | 예원북스
등록번호 | 제396-2012-000132호
등록일자 | 2012. 7. 25
KFN | 제1-321호

주소 | 경기도 고양시 일산동구 호수로 646-24 위너스21II빌딩 206A호 (우)10401
전화 | 031-819-9431 팩스 | 031-817-9432
E-mail | yewonbooks@naver.com

ISBN 979-11-89450-69-4 04810
979-11-6098-833-8 (set)

※ 이 도서의 국립중앙도서관 출판시도서목록(CIP)은 서지정보유통지원시스템 홈페이지(http://seoji.go.kr)와 국가자료공동목록시스템(http://www.nl.go.kr/kolisnet)에서 이용하실 수 있습니다.

쥐뿔도 없는 회귀

10

목마 퓨전 판타지 장편소설

WISHBOOKS FUSION FANTASY STORY

Wish Books

쥐뿔도 없는 회귀

CONTENTS

1장 벨라도르 7

2장 레그로 숲 47

3장 비무 87

4장 사마련주 129

5장 위지호연 169

6장 열쇠 243

7장 제나비스 257

8장 오둔 283

1장
벨라도르

뭐냐.

이성민은 자신이 대체 무엇을 보고 있는 것인지 순간 이해를 하지 못했다.

검룡 남궁희원.

남궁세가의 소공자인 그가 대체 왜 저런 꼴로 있단 말인가?

이성민은 멍하니 광장 중앙에 놓여 있는 우리를 보았다.

광장의 사람들은 남궁희원을 신경 쓰고 있지 않았다.

사람이 많은 광장 한가운데에, 저렇게 커다란 우리가 놓여 있고 그 안에 남궁희원이 가부좌를 틀고 앉아 있는데 그들은 마치 저것이 자연스러운 풍경이라는 듯이 조금도 신경 쓰고 있지 않았다.

"저, 저기."

이성민은 광장을 지나는 사람 중 하나를 붙잡았다. 그는 멈춰 세우는 이성민을 향해 눈을 끔벅거렸다.

"뭡니까?"

"그게…… 저게 대체 뭡니까?"

이성민은 머뭇거리다가 남궁희원을 손으로 가리키며 물었다. 이성민의 질문에 남자가 우리 속의 남궁희원을 힐긋 보았다.

"벨라도르에는 처음 온 겁니까?"

"예."

"저기 저, 우리 속에 있는 남자. 남궁세가의 소가주인 검룡 남궁희원입니다."

"남궁세가의 소가주가 왜 저곳에 저러고 있는 겁니까?"

"아버지인 남궁세가주에게 거역했다더군."

"예?"

남자의 대답에 이성민은 어이가 없어서 되물었다.

"자세한 사정은 모르지만. 그 일로 인해 남궁세가주가 굉장히 노했다는 모양입니다. 덕분에 벌써 석 달 넘게 소가주가 저런 꼴로 남아 있고요."

이해할 수가 없었다. 대체 남궁희원이 무슨 일을 저질렀기에, 이 사람 많은 광장에 남궁희원을 가둬놓았다는 말인가?

더욱 이해가 가지 않는 것은 남궁희원이 저것을 받아들이고 있다는 것이었다.

저 쇠창살.

굵어 보이기는 하지만, 남궁희원이 마음만 먹는다면 언제든지 베어내고 탈출할 수 있을 것이다.

하지만 남궁희원은 침묵하고 있다.

"궁금하다고 가까이 다가가지는 마시오. 만약 그랬다가는 남궁세가 쪽에서 가만히 있지 않을 테니까."

"알겠습니다."

이성민은 멀찍이 서서 남궁희원을 바라보았다. 이 정도 거리라면 전음이 닿는다.

[대체 왜 그러고 있는 겁니까?]

이성민은 남궁희원에게 전음을 보냈다.

가부좌를 틀고 앉은 남궁희원의 어깨가 움찔 떨렸다.

그는 숙이고 있던 머리를 들었다. 엉망으로 헝클어진 앞머리 사이로 남궁희원의 두 눈이 빛을 발했다. 그는 천천히 주변을 둘러보았다.

[이쪽입니다.]

이성민은 다시 한번 전음을 보냄으로써 남궁희원에게 자신의 위치를 알려 주었다.

남궁희원의 눈이 이성민에게 닿았다. 거리가 제법 떨어져 있기는 했지만, 이성민은 남궁희원이 의아한 표정을 짓는 것을 확실히 보았다.

[당신은 누구요?]

[대체 뭘 잘못을 했길래 그 꼴로 있는 겁니까?]

남궁희원이 질문했고, 이성민은 그 질문에 답하는 대신에 자신이 궁금하게 여기는 것을 질문했다.

그 말에 멀리 있는 남궁희원이 어이없다는 표정을 지었다.

[누구길래 그걸 묻는 거요?]

[당신을 아는 사람.]

[나를 아는 사람이야 이 대륙 어디에나 있지. 검룡 남궁희원이라는 이름은 꽤 유명하니까.]

[이성민입니다.]

결국, 이성민은 한숨을 쉬면서 자신의 이름을 말했다.

그 말에 남궁희원의 얼굴이 굳었다. 괜한 말을 하였나 하는 생각이 들기도 했다.

남궁희원이 제갈태령의 일을 어찌 받아들이고 있는지도 아직 알지 못하는데, 괜히 자신을 소개했다가 남궁희원이 발작하는 것은 아닐까.

[그렇군.]

조금의 침묵 끝에 남궁희원이 머리를 끄덕거렸다. 그는 씁쓸한 표정을 지으며 이성민을 보았다.

[하나 묻고 싶은 것이 있는데.]

[뭡니까?]

[제갈태령과 모용서진을 죽인 건 자네인가?]

역시. 남궁희원은 그것을 물어왔다.

이성민은 꾹 입을 다물었다. 남궁희원은 이성민의 대답을 기다리고 있었다.

[나는 죽이지 않았습니다.]

솔직하게 말했다.

[당신도 보지 않았습니까. 나는 그들을 죽이지 않았고, 알아서 돌아가라고 놓아주었습니다.]

[알아.]

남궁희원의 어깨가 들썩거렸다. 그는 이성민이 애초에 그렇게 대답할 것임을 알고 있었다는 눈치였다.

[그럴 것이라고 생각했어. 소문이 이상하게 난 것일 뿐. 자네는 제갈태령도…… 모용서진도 죽이지 않았다. 그래. 내가 아는 자네는 그런 사람이니까 말이야. 하지만 모두가 말하더군. 자네가 그 둘을 죽였노라고.]

[죽이지 않았습니다.]

[그렇다면 이것은 음모겠지. 누군가가…… 그래, 아마 그 누군가는 높은 확률로 무림맹의 흑견대일 거야. 흑견대가 미혹의 숲에서 제갈태령과 모용서진을 죽였다. 그리고 그 일을 자네에게 덮어씌웠다.]

[아마 그렇겠지요.]

[무림맹이 나서서 자네에게 누명을 씌웠다는 거야. 하하! 역시 그랬군. 내 생각이 옳았어.]

남궁희원은 손을 들어 난발인 머리를 쥐어뜯었다.

이성민은 씁쓸한 표정을 지으며 그런 남궁희원을 보았다. 설마 이곳에서 이런 식으로 남궁희원과 만나게 될 줄은 몰랐다.

이성민은 다시 한번 질문했다.

[왜 당신이 그 꼴로 갇혀 있는 겁니까?]

[나보고 자네를 죽이러 가라더군.]

남궁희원이 대답했다.

[그때, 나도 미혹의 숲에 있었으니까 말이야. 명문세가의 직계가 둘이나 그 숲에서 죽었어. 그 일로 인해 세가의 위신이 땅에 떨어졌고, 우리 가주님은…… 그런 위신을 굉장히 신경 쓰시는 분이지. 그래서 나에게 말하더군. 귀창을 죽이고 오라고.]

[그래서?]

[거절했지. 나는 자네가 제갈태령과 모용서진을 죽였다는 말을 믿지 않았으니까. 이것은 음모라고. 그 둘을 죽인 것은 다른 세력이라고 말했지. 하지만 말이야, 다른 세력이라고 해봐야 뻔한 것 아니겠나. 그 둘의 죽음을 전했던 것이 다름 아닌 무림맹의 흑견대인데? 결국, 나는 명예를 중시하는 남궁세가주, 내 아버지 앞에서 무림맹을 의심한 거야.]

남궁희원은 머리를 쥐어뜯던 손을 아래로 내렸다. 남궁희원의 안광이 살벌한 빛을 발하고 있었다.

[아버지는 그 말에 분노했지. 나는 잘 알고 있었어. 우리 아버지가, 남궁세가가 무림맹과 밀접한 관계를 맺고 있음을. 예전에야 세가의 힘을 모아 오룡회라는 새로운 단체를 만들겠노라 떠들었지만, 그것은 너무 오래전의 일이지. 우리 아버지가 나를 낳기도 전의 이야기니 벌써 삼십 년도 전의 일이야. 그때의 아버지는 젊었지만…… 지금의 아버지는 너무 늙었어. 내가 무림맹을 의심하고, 당신의 말이 틀렸다고 반박하니 격분하시더군. 덕분에 나는 지금 이 모양 이 꼴이 되었지.]

[마음만 먹는다면 언제고 탈출할 수 있지 않습니까?]

이성민이 다시 질문했다. 남궁희원은 대답하지 않았다.

[왜 그러고 있는 겁니까? 내공은 그대로인 모양이고, 몸이 불편한 것도 아닌데?]

[확신이 없었기 때문이지.]

남궁희원은 큭큭거리며 웃었다.

[내 생각이 맞는지, 아버지의 말이 맞는지. 확신이 없었어. 이곳에 갇혀 있는 것은 불편하기는 했지만 그렇다고 크게 나쁘지는 않았거든. 가장 불편한 것이라고 해봐야 똥오줌을 어디다 싸느냐 정도였으니까.]

남궁희원은 천천히 몸을 일으켰다.

[자네는, 내가 이곳에 갇혀 있다는 것을 알고 찾아온 건가?]

[……우연입니다.]

그렇게 대답했지만, 남궁희원은 실망한 눈치는 아니었다.

[우연이라고 해도 상관은 없어. 자네가 이곳에 와준 덕에 나는 확신을 얻었다.]

[내가 거짓말을 하는 것일지도 모르는 일 아닙니까?]

[그래서. 자네는 거짓말을 하고 있는 건가?]

[아닙니다.]

[그렇다면 애초에 그런 말은 왜 하는 건가?]

남궁희원은 투덜거리면서 쇠창살의 앞으로 다가갔다. 그는 양손을 들어 쇠창살을 잡았다.

[나는 이곳에서 탈출할 생각인데.]

[그 뒤에는?]

[나는 아버지를 존경했네. 하지만 지금은 잘 모르겠어. 아버지는…… 내 말을 믿어주는 것보다 무림맹의 편을 드는 것을 택했다. 그리고 자신의 권위를 세우기 위해 나를 이곳에 가둬놓았지. 내 행동이 내 아버지와 세가를 욕보이는 것일지도 모르겠지만, 글쎄. 이제는 그런 것을 신경 쓰고 싶지 않군.]

이성민은 우두커니 서서 남궁희원의 얼굴을 보았다. 쇠창살을 어루만지던 남궁희원은 소리 내어 웃었다.

[이곳을 탈출하면 남궁세가와 내 아버지가 나를 잡기 위해 쫓아

올 거야. 나는 그들을 뿌리치고서 이 도시를 나갈 것이고. 무림맹에 찾아가 진상을 물을 생각이네.]

[그들이 들어 줄 것이라고 생각합니까?]

[그건 나도 잘 모르겠군. 어쩌면 자네에게 그리 했듯이, 무림맹은 나에게 말도 안 되는 죄를 뒤집어씌울지도 몰라. 하지만 그건 그거대로 나쁘지 않지. 그로 인해 나는 무림맹이 옳지 않다는 것을 확실히 알게 될 테니까.]

이성민은 잠깐 침묵했다.

끼기기긱

남궁희원이 잡고 있는 쇠창살이 비틀어지기 시작했다.

광장을 지나던 사람들이 놀라서 걸음을 멈추었다. 그들은 벌어지는 쇠창살과 그 안을 걸어 나오는 남궁희원을 보며 입을 쩍 벌렸다.

[나는 사마련주를 만나러 갑니다.]

이성민이 남궁희원에게 말을 걸었다. 쇠창살을 완전히 빠져나온 남궁희원의 걸음이 멈추었다. 그는 놀란 표정을 지으며 이성민을 보았다.

[사마련주? 마황 양일천?]

[예.]

[왜 그자를?]

[무림맹은 나를 마인으로 규정지었고, 나는 앞으로 계속해서 무

림맹과 싸우게 될 겁니다. 나 혼자로서는 아무래도 버거우니까, 사마련주의 힘을 빌릴 생각입니다. 마침 사마련주가 저에게 호의를 가지고 있기도 하고.]

[……그건 놀라운 일이군. 사마련주라면 신비에 쌓인 인물인데……]

[같이 가시겠습니까?]

이성민이 질문했다. 그 말에 남궁희원의 얼굴이 멈칫 굳었다.

그는 잠깐 머뭇거리다가, 머리를 가로저으며 대답했다.

[……아니. 나는 무림맹이 옳지 않다고 생각하지만, 그렇다고 해서 사마련과 사마련주가 옳다고 생각하지는 않아. 물론 나는 사마련주를 만나 본 적이 없기에 그가 어떤 인물인지는 모르지만. 그래도 사마련에 소속된 사파 문파와 그곳에 이름을 올린 마인들이 저지른 악행을 모르는 것은 아닐세.]

[알겠습니다.]

남궁희원의 대답에 이성민은 머리를 끄덕거렸다.

권유는 했지만, 솔직히 기대하지는 않았다. 남궁희원이 무림맹의 행실에 실망하였다고는 해도 그는 명문세가에서 태어나 자라왔다.

그런 그가 이성민과 함께 사마련에 들어간다는 것은 있을 수 없는 일이다.

[알겠습니다.]

이성민은 손을 들어 얼굴을 어루만졌다. 자신의 얼굴이 아닌, 두 달 동안 익숙해진 인피면구의 얼굴을.

[몸을 움직이는 것에 큰 무리가 없다면 지금 당장 이 도시를 떠나십시오.]

이성민은 남궁희원에게 전음을 보내면서 웃었다. 이성민의 발끝에서 자색 내공이 일렁거리며 솟구쳤다.

[뭘…… 하려는 건가?]

[시간을 벌어드리려고.]

[뭐……?]

[말은 그렇게 해도. 남궁세가주 그리고 세가의 무인들과 싸우는 것은 당신에게 껄끄러운 일 아닙니까?]

[자네가 왜……?]

[그래도, 옛날에 당신을 형님이라고 불렀으니까.]

이성민은 그렇게 말하면서 주변을 둘러보았다. 멀리서 말들이 달려오는 소리가 들렸다.

남궁희원이 우리를 탈출한 것을 전해 들은 남궁세가의 무인들이 이쪽으로 다가오고 있는 것이다.

[그리고 당신이 나를 의심하지 않고 믿어주었으니까. 그게 전부입니다.]

[하지만……]

[걱정 마십시오.]

이성민은 피식 웃으며 말했다.

[남궁세가주도 그리고 세가의 무인들도. 죽이지는 않겠습니다.]

후웅.

이성민은 창에 내공을 불어 넣었다.

자색의 불꽃이 창을 통째로 뒤덮었다. 그것을 보며 남궁희원은 꿀꺽 침을 삼켰다.

미혹의 숲에서 봤을 때도 이성민의 무위는 남궁희원보다 훨씬 높은 곳에 있었다.

그 후로 고작해야 몇 달이 지났을 뿐인데, 그 사이에 이성민은 남궁희원이 감히 상상도 할 수 없는 위치에 도달해 있었다.

'저 정도라면…… 내 아버지가 직접 덤빈다고 해도, 십초지적이 안 돼…….'

남궁세가의 가주인 천존검왕. 한때 위대한 무인으로 불렸고, 지금도 검을 쥔 무인 중에서는 손에 꼽히는 실력을 가진 무인이다.

하지만 그런 천존검왕도 지금의 남궁희원과 거의 비슷한 실력일 뿐이었다.

[아마…… 무림맹주는 당신의 기대와는 다른 인물일 겁니다.]

[그게 무슨 말인가?]

이성민의 말에 남궁희원이 되물었다.

이성민은 자신이 알고 있는, 천외천과 무림맹주인 흑룡협에 대한 이야기를 남궁희원에게 알려 주었다.

모든 이야기를 듣고서 남궁희원의 얼굴은 뻣뻣하게 굳었다.

[가십시오.]

이성민은 다시 남궁희원에게 말했다.

소리가 가까워지고 있었다. 남궁희원은 머뭇거리다가 몸을 날렸다.

이성민은 광장을 빠져나가는 남궁희원의 기척과 이쪽으로 다가오는 세가 무인들의 기척을 동시에 느꼈다.

[귀찮은 일을 사서 하는군.]

"그러게 말이야."

허주의 투덜거림에 이성민은 피식 웃으며 답했다.

이번 일로 인해 남궁세가와는 완전히 척을 지게 된다.

명문세가 중 하나와 완전히 적이 되는 것이었지만, 이성민은 크게 부담을 갖지는 않았다. 어차피 무림맹과 척을 지게 되었으니, 거기서 남궁세가가 추가된다고 한들 달라지는 것은 없기 때문이다.

어차피 남궁세가 또한 무림맹의 일원이다. 거기다가 남궁희원이 남궁세가를 떠났으니, 더더욱 이성민이 부담을 느낄 이유는 없었다. 남궁희원에게…… 천외천과 흑룡협에 대해서는 말해 두었다.

경고는 충분히 전했으니, 이후의 선택과 그 선택이 불러올 결과에 대해서는 남궁희원이 책임져야 할 일이다.

가급적이면 남궁희원과 함께 행동하고 싶었지만, 서로의 사정이 다르다. 그렇기에 이성민은 남궁희원을 보내줄 수밖에 없었다.

[어떻게 할 셈이냐?]

허주가 은근한 목소리로 물었다. 그는 지금부터 벌어질 일들을 기대하고 있는 모양이었다.

[죽이지는 않겠다고 했지. 그 말은 즉, 목숨만 붙여 두면 된다는 것 아니냐?]

'그래도 너무 과격하고 잔인하게 할 수는 없지. 나중에 남궁희원을 보는 것이 민망할 거야.'

[크게 신경 쓸 이유가 있을까? 어차피 놈들은 너를 죽이려 들 텐데?]

'그렇기는 하지만, 기왕이면 신경을 쓰고 싶어.'

남궁희원과는 소림에서 처음 만났다. 나름의 이유가 있던 것이기는 했지만, 남궁희원은 이성민에게 호의를 보여주었다.

남궁희원과의 만남으로 이성민은 세상이 참 넓음을 알 수 있었다. 남궁희원은 이성민에게 무공을 가르치지 않았어도, 이성민이 보던 세상을 확장시켜 준 인물 중 하나였다.

짧게나마 의형제를 맺기도 했다. 그러니 기왕이면 남궁희원의 입장을 존중해 주고, 그가 난감해하지 않도록 만들어주고 싶다.

[뭐, 상관은 없겠지.]

허주는 이성민의 감정을 느끼며 머리를 끄덕거렸다.

[네놈의 실력이라면 초월지경의 고수가 아닌 한 제압하는 것은 쉬운 일일 테니까.]

스스로의 자각은 아직 없었어도, 이성민은 에리아에서 절대자의 위치에 있었다.

남궁세가가 전력으로 덤빈다고 해도 이성민을 위협하는 것은 불가능한 일이다.

남궁세가의 무사들은 광장을 빠져나가는 남궁희원을 포착했다. 그들은 남궁세가주의 말에 충실했고, 비록 남궁희원에게 안타까움과 동정을 가지고 있었어도 가주의 말을 거역하고 탈출한 남궁희원을 붙잡아야 하는 입장이었다.

그들은 말을 달리며 광장을 빠져나가는 남궁희원을 추격하기 위해 움직였다.

"허억!"

그 순간이었다. 거대한 위압감과 살의가 그들의 목덜미를 훑었다. 달리던 말이 가장 먼저 몸을 떨며 뛰던 발을 멈추고 우는 소리를 냈다. 말들의 동요와 함께 무사들은 숨소리를 삼키며 표정을 굳혔다.

그들은 광장 전체를 장악한 위압감과 살의의 주인을 찾아 주변을 둘러보았고, 이 무지막지한 위압감과 살의를 내비치는 주인이 누구인지 알아보았다.

"누…… 누구십니까?"

무사들을 이끌고 있던 중년의 검객이 이성민을 향해 조심스러운 목소리로 물었다.

강기에 휘감긴 창을 쥐고 있던 이성민은 중년의 검객을 물끄러미 보았다.

"그러는 너는 누구냐?"

되묻는 말에 중년의 검객이 꿀꺽 침을 삼켰다. 그는 급히 말에서 내려와 허리춤의 검에 손을 올렸다. 그 행동을 보며 이성민은 피식거리며 웃었다.

"제, 제 이름은 남궁준이고, 별호는……."

"아니. 별호는 말하지 않아도 돼."

이성민은 목을 가다듬었다. 지금의 그는 마갑도 입고 있지 않고, 셀게루스가 만들어준 창도 쥐고 있지 않다. 인피면구를 씀으로써 얼굴도 바꾸었으니, 귀창이라는 별호와 연관되는 점은 창법과 자색의 강기뿐이다.

눈 가리고 아웅 하는 격이기는 했지만, 이성민은 그것으로도 충분하다고 생각했다. 어차피 남궁세가와 격돌하게 되는 이상 어느 정도 실력을 드러낼 수밖에 없다.

'그래도 귀창이라고 자칭하고 싶지는 않아.'

굳이 자신을 소개하고 싶은 마음도 없었다. 이성민이 남궁세가의 무인들을 멈춰 세운 동안 남궁희원은 광장을 완전히 빠져나갔다.

그것을 느낀 중년 검객의 눈썹이 씰룩거렸다. 멈춰 서 있던 남궁세가의 다른 무인들이 슬며시 걸음을 떼려 했다. 남궁희원을 추격하려는 것이다.

그것을 보며 이성민은 천천히 발을 앞으로 뻗어, 한 걸음을 내디뎠다.

쿠우웅!

이성민을 중심으로 퍼져 나간 위압감이 무인들의 몸을 짓눌렀다. 몇몇 심력이 약한 이들은 내상을 입어 피를 토했고, 가장 경지가 높은 중년 무사마저도 얕은 내상을 입어 얼굴이 새하얗게 질렸다.

"그, 그만……."

초월지경의 무인은 마음만 먹는다면 존재감만으로 공간을 짓누를 수 있다.

이야기 속에서나 등장하는 의기상인을 초월지경이라면 자연스럽게 사용할 수가 있다. 그만, 이라는 간절한 부탁을 듣기는 했지만, 이성민은 그 부탁을 들어주지 않았다.

그래. 굳이 창을 휘두를 필요도 없었다. 이성민은 쥐고 있던 창을 힐긋 보았다. 창에 휘감겨 있던 강기가 사라졌다. 대신에 이성민은 천천히 걷기 시작했다.

이성민과의 거리가 가까워질 때마다 무사의 얼굴이 하얗게 질렸다. 이성민이 총 다섯 걸음을 걸었을 때. 무사는 더 이상 버티지 못하고 피를 토하며 쓰러졌다.

광장을 찾아왔던 남궁세가의 무사들 열다섯이 모조리 내상을 입어 쓰러졌다.

창을 휘두를 필요가 없었다. 쓰러진 이들은 내상을 입기는 했지만, 목숨에 지장은 없다. 치료만 잘한다면 후유증도 없을 것이다.

[이제는 어쩔 셈이냐?]

'남궁세가로 간다.'

허주의 질문에 이성민은 생각할 것도 없다는 듯이 대답했다. 그 대답에 허주는 조금 놀라서 되물었다.

[과격하게 행동하는군. 이유가 뭐냐?]

'저들을 제압해 봤자 남궁세가에서는 계속해서 추격대를 보낼 거야.'

[그래서, 아예 세가로 쳐들어가 깽판을 치겠다는 것이냐?]

'그것이 가장 쉽고 편한 방법 아닌가?'

[하하하!]

이성민의 대답에 허주가 웃음을 터뜨렸다.

[그래, 그렇지. 그게 가장 쉽고 편한 방법이야. 누구나 할 수 있는 방법은 아니지만, 너라면 할 수 있어. 절대적인 강자의 입장에 선 것은 네놈 쪽이니 말이다.]

허주의 웃는 소리를 들으며 이성민은 주변을 둘러보았다.

이성민의 의기상인은 남궁세가 무인들을 향한 것이었기 때문에, 광장의 다른 사람들은 아무런 피해도 입지 않았다.

그렇다고는 해도, 광장의 사람들은 남궁세가 무사들이 쓰러진 이유가 이성민에게 있음을 잘 알고 있었다.

"말 좀 물읍시다."

이성민은 우두커니 서서 굳어 있는 사내에게 물었다. 처음 광장에 도착했을 때, 남궁희원에 대한 질문에 답을 해주었던 남자였다.

"예…… 예?"

"남궁세가는 어디에 있습니까?"

이성민은 아무 일도 없었다는 듯이 웃으며 질문했다.

천존검왕 남궁백.

몇십 년 전부터 초절정 고수로 이름을 날리고 있었으나, 남궁백은 처음 초절정에 입문하고서 몇십 년이 흘렀음에도 아직 그 이상의 경지에 도달하지 못하고 있었다.

안타깝다고 할 만한 일도 아니었다. 에리아는 넓었고, 이 넓은 세상에서 무공을 익힌 이들은 셀 수도 없이 많다.

그중에서 초절정의 경지에 도달한 이들을 꼽자면 수가 크게 줄어들기는 하지만, '진짜' 중원 무림에 비하자면 에리아에 있는 초절정 고수의 숫자는 굉장히 많은 편이다.

당연한 일이었다. 이곳에는 온갖 종류의 사람들이 소환되고, 그 과정에서 온갖 종류의 무공과 무리가 뒤섞인다.

사람이 가진 재능은 천차만별이고, 그중에서 엄선된 재능을 가진 이들이 서로 뒤섞여 더욱 완성도가 높아진 무공을 익히며 고수로 거듭난다.

그렇기에 자연스레 초절정 고수의 숫자가 많아진다. 시간이 흐를수록 에리아에 있는 초절정 고수의 수는 많아질 것이다.

하지만 초월지경의 경지에 도달한 이들은 손에 꼽는다. 아무리 천재라고 불리던 인물이라고 해도 초월지경의 벽 앞에서는 좌절하게 된다.

천존검왕도 똑같았다.

그는 소년이던 시절에 에리아에 소환되었고, '남궁'의 성씨를 가지고 있었기에 남궁세가의 일원이 되었다.

그 후로 남궁세가의 무공과 자신이 중원에서 익혔던 무공을 갈고닦음으로써 초절정의 경지에 도달하였다.

그 후에는 자신과 같은 처지의, 세가 내의 남궁 성씨를 가진 무인들과 경쟁하였고, 모두의 인정을 받아 남궁세가의 가주가 되었다.

남궁세가의 가주는 그렇게 선출된다. 이미 온갖 세상에서 온 남궁 성씨와 그들의 피가 뒤섞였고, 정통성 같은 것에 의미는 없다.

단지, 남궁 성씨를 가진 이들 중에 가장 강한 이가 가주가 될 뿐이다.

천존검왕은 자신의 검에 자부심을 가지고 있었고, 막 가주가 되었을 적에는 포부 높은 야망도 가지고 있었다.

지금은 아니다. 야망도, 자부심도. 너무 긴 세월에 퇴색되어 버렸다.

초절정의 경지에 오른 것이 삼십 년 전.

그때보다 검은 예리해졌고 무공은 진보하였으나, 초월지경의 벽은 넘지 못했다.

초월지경의 경지에 오르는 것에는 재능과 무공 외에 다른 무언가가 필요한 것처럼 느껴졌다.

남궁백은 어느 순간부터는 초월지경에 드는 것을 포기했고, 아들인 남궁희원에게 기대를 품게 되었다.

아들은 '진짜'였다. 어린 시절부터 무공에 뛰어난 재능을 보였고, 이십 대에 초절정에 입문했다.

그것은 남궁백보다 십 년은 빠른 성취였고, 초절정에 든 후에도 쉼 없이 검을 휘두르고 빠르게 무위를 높여갔다. 아들은 언젠가 초월지경에 들 것이다. 남궁백은 그를 확신했다.

하지만 그는 남궁희원에게 초월지경의 기대를 품었음에도, 야망을 품지는 않았다. 한때는, 언젠가 세가의 힘을 모아 무림맹 이상의 세력을 만들고자 하는 야망이 있었다.

그러나 시간이 너무 흘렀다. 무림맹은 시간이 흐를수록 에리아의 정파 무림을 장악했고, 남궁세가를 비롯한 세가들 역시 무림맹의 영향력을 벗어날 수 없었다.

세가의 힘을 모아 독립한다는 것은 불가능하다. 늙어버린 남궁백은 그 사실을 잘 알고 있었고, 다들 말은 하지 않았어도 당가와 제갈세가, 모용세가 역시 그것을 잘 알고 있었다.

"희원이가 우리를 나왔다고."

남궁백은 보고를 들으며 손을 쥐었다 폈다.

석 달 전, 남궁백은 자신의 말에 거역하고, 무림맹을 의심하는 아들을 우리에 가두었다.

가주로서의 위신을 세우고, 아들에게 모욕을 주기 위한 보여주기식의 처벌이었을 뿐이다.

현재 에리아의 정파들에게 무림맹의 영향력은 절대적이다. 남궁세가라고 해도 무림맹의 뜻에 반해서는 안 된다.

"못난 녀석……."

남궁백은 한숨을 쉬며 중얼거렸다. 무림맹이 음모를 꾸몄다고 외치던 아들의 모습을 떠올렸다.

그래, 그것까지는 좋다. 그런데 귀창을 두둔하다니. 귀창 이성민은 무림맹의 철갑신창을 잔혹하게 살해한 마인이다. 두둔해서는 안 될 인물을 두둔하였으니 벌을 받아 마땅하다.

“준이를 중심으로 추격대를 보내긴 했습니다만…….”

“턱도 없겠군.”

남궁백은 중얼거리며 몸을 일으켰다.

“시간 끌기나 된다면 고맙겠지만, 희원이의 실력이라면 준이와 다른 아이들을 제압하는 데에 그리 오랜 시간이 필요하지 않을 것이야.”

“그렇다면…….”

“장로들을 소집하게.”

남궁백이 한숨을 내쉬었다.

“집으로 돌아와 무릎 꿇고 실언한 것에 대해 용서를 구한다면 모를까…… 희원이의 성격이라면 돌아오지 않겠지. 석 달 동안 우리에 갇힌 것을 선택한 것이 희원이니까 말이다.”

아들은 무림맹으로 향할 것이다.

무슨 말을 듣든 간에, 자신의 두 눈과 두 귀로 직접 대답을 듣기 위해서. 남궁백은 아들이 그런 성격이라는 것을 잘 알고 있었다.

그렇게 둘 수는 없다. 남궁세가의 소가주가 무림맹을 찾아가 무림맹이 음모를 꾸몄고, 귀창에게 죄를 뒤집어씌웠노라 성토한다?

절대로 일어나서는 안 될 일이다. 무슨 일이 있어도 그것만은 막아야 한다.

가주의 부름을 받아 장로들이 모였다. 이들이야말로 세가의 실질적인 힘이라고 할 수 있는 존재들이다.

젊은 혈기와 성장 가능성은 없어도, 모두가 일평생 검을 휘둘러 왔고 무공의 경지를 확립한 이들이다.

"못난 아들을 잡으러 가야 할 것 같네."

남궁백이 말했고, 다섯의 장로들이 머리를 끄덕거렸다.

남궁세가의 정문은 크고, 담벽은 길었다. 에리아에서 손에 꼽히는 명문세가의 본가다운 위세였다.

정문 앞에 선 이성민은 문 중앙에 새겨진 남궁세가의 문양을 바라보았다.

살면서 남궁세가의 본가에 오게 될 날이 올 것이라고는 생각해 본 적이 없었다. 초대를 받아 오는 것도, 호의를 가지고 찾아오는 것도 아닌 방문은 더더욱 생각해 본 적이 없었다.

[쫄았냐?]

허주가 실실 웃으며 물었다. 이성민은 그 질문에 피식거리는 웃음으로 답해 주었다.

이성민은 남궁세가의 정문으로 다가갔다. 문 앞을 지키고 있던 문지기들이 뭐라 외치며 이성민을 막으려 들었다.

듣지 않았다. 이성민을 중심으로 퍼져 나간 의기상인이 문지기들의 무릎을 꿇게 만들었다.

이성민은 피를 토하며 쓰러지는 문지기들을 뒤로하고서 정문 앞에 섰다.

[열고 들어갈 거냐? 부수고 들어갈 거냐?]

"좋은 의도로 온 것도 아닌데."

이성민은 그렇게 중얼거리면서 손을 들었다. 천천히 뻗은 손이 문에 닿았을 때.

쿠우우웅!

커다란 정문에 거미줄 같은 균열이 퍼져 나갔다. 그리고 가볍게 밀치는 것으로 문이 산산조각 박살 났다.

이성민은 문의 잔해를 지나 남궁세가의 안으로 들어갔다.

'세가를 멈추려면, 가주를 제압하는 것이 가장 빠르겠지.'

이성민은 그렇게 생각하며 의기상인의 영역을 넓혔다.

갑작스러운 습격에 세가의 무인들이 뛰어나왔다.

이성민은 이쪽으로 다가오는 무인들의 경지를 살펴보았다.

초절정의 고수는 없다. 대부분이 절정이었고, 그보다 못한 이들도 있었다.

아무리 명문세가라고 해도 모두가 고수인 것은 아니다. 혈통이 좋고 뛰어난 무공을 익힌다고 해서 모두 고수가 되는 것은 아니기 때문이다.

고수가 되기 위해서는 가장 먼저 재능이 필요하고, 재능이 갖춰진다면 그에 맞는 환경과 지원이 필요한 법이다.

영약을 비롯한 다양한 지원을 받을 수 있는 것은 재능을 갖춘, 선택받은 몇몇뿐이다.

그것에 해당하지 않는 세가의 무인들은 절정의 수준을 웃도는 것이 고작이었다.

그렇다고는 해도, 삼류와 이류, 일류의 수준이 즐비한 이 세상에서 절정의 수준은 우습게 보일 경지가 아니다.

물론, 이성민이 보기에는 우스웠다.

넓게 확장된 의기상인은 보이지 않는 결계이고 공격이었다.

뛰쳐나온 남궁세가의 무인들은 이성민에게 기세 좋게 달려듦과 동시에 내상을 입어 피를 토하고 주저앉았다.

"대, 대체 누구십니까? 여기가 어디인지 알고……!"

"남궁세가."

어디인지는 잘 알고 있다. 이성민은 피를 토하며 묻는 질문에 대답해 주며 남자를 지나쳤다.

파죽지세로 나아가던 이성민의 걸음이 멈추었다. 이전까지 이성민을 막아섰던 남궁세가의 무인들과는 전혀 다른 분위기를 가진 무인들이 길을 막고 있었다.

이성민은 등에 걸쳐 두었던 창을 잡았다.

초절정 고수도 섞여 있다. 의기상인을 써서 제압하는 것보다는 창을 쓰는 것이 빠르다.

"고인께서는 무슨 일로 남궁세가의 본가에서 행패를 부리시는 겁니까?"

"고인이라 불릴 정도로 나이를 먹지는 않았는데."

이성민은 그렇게 중얼거리며 창에 강기를 불어 넣었다. 창을 휘감은 진한 자색 강기를 보며 질문한 남자가 미간을 굳혔다.

"행패를 부리시는 이유가 대체 뭡니까?"

대답해 주지는 않았다. 변명거리도 생각해 두지 않았기 때문이었다.

이성민은 대답 대신에 창을 앞으로 들었고, 남자를 위시한 남궁세가의 무사들은 더 이상 질문하지 않고서 검을 뽑았다.

정문에서 시작된 소란은 곧바로 가주인 남궁백에게 전해졌다.

누군가가 세가 정문을 박살 내고 침입해 왔다. 그 말에 남궁백은 어이가 없다는 표정을 지으며 물었다.

"침입자라고? 몇 명인가?"

"하, 한 명입니다."

"한 명……?"

그 대답에 남궁백은 더욱 기가 찼다. 우리를 빠져나간 남궁회원을 잡으러 가야 하는데, 간이 부어터진 어떤 놈이 혼자서 남궁세가를 침입해 왔단다.

남궁백은 짜증스러운 목소리로 내뱉었다.

"생포할 수 있다면 생포하고, 불가하다면 죽이게."

"저…… 그것이……."

보고를 전한 남자가 울상을 지었다.

"이미 창천검광대가 갔습니다만…… 모조리 제압당했습니다."

"……뭐?"

남자의 말에 남궁백의 눈이 크게 떠졌다. 창천검광대라면 남궁세가의 대표적인 무력대 중 하나다.

초절정 고수도 껴있는 창천검광대가 제압당했다니. 남궁백은 장로들을 보며 말했다.

"……못난 아들을 잡으러 가기 전에 다른 일을 먼저 해야겠군."

"당연히 그래야지요. 뭐하는 미친놈인지는 모르겠지만, 여기가 어디인 줄 알고……."

장로 중 하나가 혀를 차며 말했다.

이성민은 피를 토하며 쓰러진 창천검광대를 내버려 두고서 다시 걷기 시작했다.

초절정 고수도 섞여 있었고, 서로 합을 맞추며 공격해 오기에 제법 귀찮기는 했지만. 저들을 모조리 제압하는 것에 그리 오랜 시간이 걸리지는 않았다.

[사정을 보지 않고 모조리 죽였더라면 귀찮을 것도 없었겠지.]

허주가 중얼거렸다. 맞는 말이었다. 죽이는 것보다는 제압하는 것이 더 힘들다.

제압하는 것도 최대한 상처를 덜 입히고, 내상 위주로 하고 있으니 신경 쓸 것이 더 많았다.

'이 정도로 들쑤셨으니 가주가 나올 법도 한데.'

이성민의 생각대로였다. 방금 싸웠던 남궁세가의 무사들도 뛰어나기는 했지만, 저들 이상 가는 고수들이 다가오고 있었다.

이성민은 더 이상 걷지 않고서 완전히 멈추었다. 고수들이 시야에 잡히는 것에는 그리 오랜 시간이 걸리지 않았다.

수준 높은 경공의 향연이 이어졌다. 이성민은 멀지 않은 곳에서 소리 없이 착지하는 남궁백과 장로들을 응시했다.

"……넌 대체 누구냐?"

남궁백이 물었다. 정문부터 시작해서 이곳까지 걸어왔다. 크게 소란을 피웠으니 세가의 무인들이 앞다투어 덤볐을 것이다. 그런데.

침입자의 몸에는 상처 하나 없었다. 피조차 묻어 있지 않았고, 피로한 기색조차 없었다.

남궁백은 꿀꺽 침을 삼켰다. 물론, 그 정도는 남궁백도 할 수 있었다. 하지만…….

느낌이 다르다. 뭔가 이상한, 불가사의한 위화감이 남궁백의 감각에 잡히고 있었다.

그것을 느끼고 있는 것은 남궁백뿐만이 아니었다. 남궁백을 중심으로 모인 다섯 장로 역시 이성민에게서 기묘한 기운을 느끼고 있었다.

"대답을 하지 않는군. 대체 무슨 원한이 있어서 이곳에서 행패를……."

"원한은 없다."

이성민이 입을 열었다. 그 후로, 이성민은 잠깐 입을 다물고서 침묵했다. 둘러댈 말을 찾고 있는 것이다.

"남궁세가라면 이 세상에서 손에 꼽히는, 무공을 익힌 자들이 모인 명문세가다. 남궁세가의 검이 얼마나 대단한지 직접 느껴보고 싶어 와봤을 뿐이다."

"……그걸 지금 말이라고 하는 것인가?"

"응."

이성민은 머리를 끄덕거렸다. 소림에 있었을 적에, 지학을 통해 위지호연의 이야기를 들었었다.

소림을 보고 싶다. 그 이유만으로 위지호연은 홀몸으로 소림의 정문을 넘었고, 소림의 미래라는 이야기를 듣던 지학을 쉽사리 쓰러뜨렸다고 했다.

그때의 기억이 생각나 말해본 것이다.

남궁세가의 검이 보고 싶어서 왔노라고. 하지만 반응은 좋지 않았다.

[당연하지 새끼야. 저놈들 입장에서 본다면 갑자기 웬 미친놈이 집에 쳐들어와서 지랄하는 건데.]

"남궁세가의 검이 보고 싶어서 찾아왔다고……?"

남궁백의 목소리에 노기가 실렸다.

반응이 격하기는 했지만 대충 둘러댄 것치고는 잘 먹혀 들어간 모양이었다.

남궁백은 허리에 걸린 자신의 애검을 뽑았다. 남궁백을 중심으로 하여 소름 끼치는 살기가 휘몰아쳤다.

"네 이름이 뭐냐?"

"……정현수."

이성민은 C급 용병패에 적힌 이름으로 답해주었다. 이성민이라는 이름을 대어 귀창임을 알리지는 않았다. 정현수라는 이름에 남궁백의 눈썹이 씰룩거렸다.

"내가 누구인지는 아느냐?"

"가주?"

이성민은 머리를 갸웃거리며 질문했다. 그 말에 남궁백이 머리를 끄덕거렸다. 남궁백의 발밑에서 푸른 호신강기가 솟구쳤다.

"실력에 자신이 있는 모양이다만, 네놈의 오만함에 대한 죗값을 목숨으로 치러야 할 것이다."

남궁백이 고함을 지르며 걸어왔다.

그가 걸을 때마다 강렬한 살의가 이성민을 덮쳐왔다.

주변에 있던 남궁세가의 무인들이 감탄을 토했다.

초월지경에 들지는 못했지만, 남궁백이 발하는 기세는 보는 것만으로도 몸을 떨게 할 만큼 강렬했다.

"가주의 무공이 더욱 진보하였구나."

장로 중 하나가 중얼거렸다.

대체 뭘 하자는 걸까. 이성민은 다가오는 남궁백을 보면서 조금 당황하고 있었다. 남궁백의 기세에 압도된 것은 아니었다.

빈틈이 너무 많다.

검을 쥐고서, 호신강기를 전신에 휘감고 다가오는 남궁백의 몸은 빈틈투성이였다.

그냥 다가가서 창을 한 번 찌르면 그것으로 끝날 것만 같았다. 저게 남궁백이라고?

저게…… 남궁세가의 가주인 천존검왕 남궁백이란 말인가?

이성민은 구천무극창의 기수식도 펼치지 않았다. 그럴 필요성을 전혀 느끼지 못했기 때문이다.

'아.'

이성민은 자신이 느끼고 있는 당황을 이해했다. 남궁백이 약한 것이 아니다. 남궁백의 실력은 초절정 고수 중에서도 최상위에 드는 수준이었다. 벽을 넘는다면 언제든지 초월지경에 입문할 수 있는 실력이란 말이다.

빈틈투성이. 그 생각은 틀리다. 남궁백의 몸에 빈틈은 거의 없었다. 그의 호신강기는 대부분의 공격을 완전히 차단하고 있었고, 가슴 앞에 세운 검은 그 어떤 공격도 받아치거나 흘려 낼 수 있다.

단지, 이성민은 언제든지 남궁백의 호신강기를 종잇장처럼 찢거나 꿰뚫을 수 있었고, 남궁백의 검이 움직이기 전에 남궁백을 죽이는 것이 가능할 뿐이었다.

그래서 빈틈투성이로 보인다. 남궁백이 빈틈을 보이지 않고 있다고 해도, 이성민이 보기에는 빈틈투성이로 보인다.

'내가 너무 강해진 거야.'

그것에 뿌듯함을 느껴도 되는 것일까. 아니, 안 된다.

이성민은 창을 들어 올렸다. 이성민이 적으로 삼은 것은 천외천이다. 남궁백 따위는 어린아이처럼 죽일 수 있는 천외천.

"그 상태로 내 검을 받을 수 있다고 생각하는 것이냐?"

남궁백이 사나운 목소리로 묻는다. 이성민이 남궁백을 빈틈투성이라고 여겼듯이, 남궁백 역시 이성민을 빈틈투성이라고 여기고 있었다.

실력의 차이가…… 너무 심했다. 그래서 보지 못한다.

자신보다 월등한 강자라는 것을. 빈틈투성이로 보이는 모습과 저 낡아 빠진 창이 언제든지 자신의 호신강기를 꿰뚫고 목숨을 앗아갈 수 있다는 것을 모르고 있었다.

"건방진 놈!"

남궁백은 고함을 지르며 보법을 펼쳤다. 순식간에 가속해 온 남궁백의 검이 태산과 같은 기세를 담고서 이성민의 정수리로 떨어졌다.

이성민은 그것을 올려 보며 손에 잡은 창을 살짝 움직였다.

쩌엉!

남궁백의 검이 뒤로 튕겨 나갔다. 일도양단을 확신하고 있던 남궁백의 눈이 크게 떠졌다. 손목이 부러진 것처럼 욱신거린다. 아니, 당황해서는 안 된다. 남궁백은 평정심을 유지하며 아랫입술을 잘근 씹었다. 남궁백은 튀어나간 검을 양손으로 잡고서 상체를 통째로 휘둘렀다.

느리다. 가볍다. 뻔하다. 검존의 검에 비하자면 남궁백의 검은 얼마나 보잘것없는가.

이게 남궁세가의 검인가? 이성민은 허탈감까지 느끼면서 다시 창을 움직였다.

구천무극창을 펼칠 필요도 없었다. 그것을 펼치지 않아도 이성민의 창은 남궁백보다 빠르고, 무거웠다.

창과 충돌한 남궁백의 검강이 흐트러진다. 남궁백의 얼굴이 하얗게 질렸다.

이성민은 발을 쭉 뻗으며 남궁백과의 거리를 좁혔다. 검과 맞닿은 창을 란의 수법을 사용해 바깥으로 돌린다. 그러자 남궁백의 몸뚱이가 텅 비게 되었다.

이성민의 손이 남궁백의 가슴을 툭 쳤다.

"커헉!"

남궁백의 입에서 피가 뿜어졌다. 내상이다.

기혈이 뒤틀리고 내공의 흐름이 꼬인다. 남궁백의 발이 느려졌다. 이성민은 남궁백의 가슴을 쳤던 손으로 남궁백의 어깨를 잡았다. 그리고 그대로 밀어서 남궁백을 뒤로 넘어뜨렸다.

콰당.

남궁백은 땅 위에 쓰러져서 믿을 수 없다는 눈으로 하늘을 보았다. 말도 안 되는 일이었다. 에리아 전역에서…… 남궁세가의 가주인 천존검왕을 이리도 쉽게 상대할 만한 자가 있다는 말인가?

'아.'

남궁백은 누군가를 떠올렸다. 오래전의 만남을. 그가 막 초절정 고수가 되었을 때, 자신을 '검존'이라 칭했던 남자가 남궁백을 찾아왔었다.

그때의 싸움은…… 아직도 기억에 생생하다. 그런 압도적인 패배는 태어나서 처음 겪어 본 것이었기 때문이었다.

"처…… 천외천인가?"

남궁백이 떨리는 목소리로 물었다. 그 말에 이성민이 놀란 표정을 지었다.

"천외천을 아나?"

"알다마다……!"

남궁백은 얼굴을 일그러뜨리며 몸을 일으키려 했다. 내상을 입기는 했지만, 몸을 움직이지 못할 정도는 아니었다.

"천외천이 대체 왜……? 검존을 만났던 것은 삼십 년 전인데, 왜 이제 와서 다시……!"

"……나는 천외천이 아니야."

남궁백이 내뱉은 말을 통해 이성민은 대충 이해할 수 있었다. 천외천은 초월지경의 가능성을 가진 무인들과 만남을 가진다.

싸워보고, 초월지경에 들 가능성이 없다면 죽인다. 가능성이 있다면 살려두고서 초월지경에 드는 것을 기다린다. 그 후에는 천외천으로 영입한다.

"말하지 않았나. 그냥, 남궁세가의 검이 보고 싶어서 왔노라고."

남궁백의 말을 보건대, 검존은 삼십 년 전에 남궁백을 만났었다.

죽지는 않았다. 아마, 검존은 남궁백에게서 초월지경의 가능성을 보았던 모양이다.

그것이 삼십 년 전이라는데…… 아직 남궁백은 초월지경에 들지 못했다.

"그렇다면 넌 대체 누구냐……?!"

남궁백이 얼굴을 일그러뜨리며 물었다.

"너는 초월지경이다. 그건 확실해. 그런데 천외천이 아니라고……?"

"아니야."

"정말로…… 남궁세가의 검을 보고자 온 것이 전부란 말이냐?"

"그래."

이성민은 그렇게 대답해 주면서 남궁백의 가슴에 손을 올렸다. 남궁백이 당황하여 눈을 크게 떴다.

그가 뭐라고 말을 하려는 순간, 손바닥으로 밀어 넣은 내공이 남궁백의 몸 안을 타격했다. 남궁백의 입에서 시커먼 피가 뿜어졌다.

"실망만 잔뜩 했지만."

이성민은 쓰러진 남궁백을 내버려 두고서 장로들을 보았다. 제법 심한 내상을 입혔으니, 당분간은 움직이지 못할 것이다.

가주의 명령이 없다면 남궁세가는 아마 움직이지 않을 것이다. 그리고 본가가 습격을 받아 이런 꼴이 되었으니 더더욱.

그 시간이면 남궁희원은 벨라도르를 나가 남궁세가의 추격이 따라오지 않을 위치까지 나아갈 수 있을 것이다.

하지만 부족하다. 이성민은 뻣뻣한 자세로 굳어서 서 있는 남궁세가의 장로들을 보았다.

"가주가 이 꼴이 되었는데 보고만 있을 건가?"

이성민은 그렇게 질문하며 장로들을 향해 다가갔다.

우선 남궁세가의 고수라 할 만한 이들을 움직이지 못하게 만들 생각이었다.

2장
레그로 숲

유즈키아 산은 사시사철 안개가 가득한 곳이다.

산세도 험한 데다 안개가 워낙에 짙고, 포악한 몬스터가 득실거리는 통에 사람이 거의 살지 않는다.

오크를 비롯한 야만적인 아인들뿐만이 아니라 오우거나 미노타우르스 같은 상위 몬스터들도 즐비한 곳이 이곳이다.

사냥조장은 아버지인 권존의 말을 따라 일주일 전에 유즈키아 산에 도착했다.

안개가 짙기는 했지만, 엘프인 그녀에게 있어서 험한 산세와 짙은 안개는 크게 문제가 되지는 않았다.

산에 즐비한 몬스터들도 초절정의 경지에 도달한 사냥조장에게 있어서는 적이 되지 않는다.

일주일 동안 사냥 조장은 산의 아래에서 머물렀다. 그녀는 밤이 될 때마다 거처를 나가 안개에 휘감긴 수많은 봉우리를 보았다. 달과 가장 가까운 봉우리가 어디인지 포착하기 위해서였다.

아버지.

권존이 말했었다. 보름달이 뜨는 밤, 달에 가장 가까운 봉우리로 오르라고. 오늘이야말로 보름달이 뜨는 밤이다.

사냥조장은 달이 뜨기 전에 산을 올랐다. 산 역시 숲이었기에, 엘프인 그녀는 숲의 가호를 받아 지치지 않고 높은 봉우리를 쉼 없이 올랐다.

절벽을 기어오르고 계곡을 뛰어넘었다.

완전한 보름달이 가장 높은 곳에 떴다. 봉우리의 정상에는 커다란 호수가 있었다. 빗물이 고여 만들어진 호수였다.

복수.

사냥조장은 그 단어를 떠올렸다. 아버지는…… 죽었을 것이다.

아마 틀림없이.

그 죽음을 끝까지 확인하지 못했다는 것이 사냥조장에게는 강렬한 원한이 되었다.

마음 같아서는 아버지를 데리고 도망치거나, 아버지를 죽이기 위해 온 그 인간과 싸우다 죽고 싶었다.

하지만 아버지가 말하지 않았나. 물러서는 법을 알도록 하라고. 같이 죽는 것으로 아버지의 죽음에 대해 앙갚음을 할 수는 없다. 아버지를 데리고 도망쳤어도……. 결국 추격당해 죽었을 것이다.

'아버지.'

사냥조장은 멀지 않은 곳에 보이는 보름달을 보았다.

원수를 갚고 싶다. 그 일념만으로 아버지의 죽음을 보지 않고, 아버지가 마지막에 남긴 유언을 따라 이곳에 왔다. 사냥조장의 입술이 벌어졌다.

"……레베탄."

사냥조장이 부른 것은 아버지의 이름이었다. 태고의 숲에 있는 엘프 마을의 장로. 천외천 육존자 중 하나인 권존의 이름.

"레베탄의 딸, 레비아스가 아버지의 복수를 하고자 이곳에 왔습니다."

레비아스의 목소리가 격정으로 떨렸다.

"레베탄의 딸, 레비아스가 아버지의 복수를 하고자 이곳에 왔습니다!"

떨리던 목소리가 외침이 되었다. 레비아스는 보름달을 보며 큰 소리로 외쳤다.

한 번으로 그치지 않았다. 레비아스는 한참을 달을 노려보면서 고함을 질렀다.

있는 힘을 다해 외치던 목은 쉬어서 쉿소리가 났고, 그럼에도 멈추지 않고 외쳐 목에서 피 맛이 났다. 그렇게 한참을 외치자.

보름달이 흔들리기 시작했다. 레비아스의 몸이 움찔 떨렸다. 그러나 그녀는 외침을 멈추지 않았다. 흔들리던 보름달이 천천히 갈라지기 시작했다.

그 무엇도 끌지 않는 마차 하나가 그 안에서 미끄러져 나왔다. 마차는 천천히 호수의 수면 위에 내려앉았고, 끄는 짐승이 없음에도 수면을 가로질러 레비아스에게 다가왔다.

"레베탄."

레비아스의 앞에서 마차가 멈추었다. 레비아스는 숨을 몰아쉬며 마차를 보았다. 마차의 안에서 담담한 목소리가 흘러나왔다.

"이름으로 듣는 것은 오랜만이구나. 레베탄…… 그래, 권존. 권존이 죽었음은 본녀 역시 들었노라."

마차의 문이 열렸다. 그 안에는 아무도 타고 있지 않았다.

"레베탄의 딸 레비아스. 네 아비가 이곳을 알려주었느냐?"

"……예."

레비아스는 보이지 않는 상대에게 대답했다. 그 대답에 누군지 모를 여인이 웃음을 흘렸다.

"본녀로서는 거절할 수가 없구나. 네가 만약 레베탄의 아들이었더라면 거절했겠지만…… 딸이 아비의 복수를 하기 위해 본녀를 찾아왔는데, 어찌 본녀가 그를 거절할 수 있겠느냐?"
"당신은…… 누구십니까?"
"레베탄은 너에게 아무런 말도 하지 않은 모양이구나."
마차에 타거라. 여인이 말했다. 레비아스는 머뭇거리며 마차에 올랐다.
"본녀는 레베탄의 오랜 지인이지. 벗이라고 할 수 있을 만큼 우애를 쌓지는 않았다만, 죽은 레베탄의 유언을 무시할 정도로 매몰찬 사이도 아니었어."
여자가 중얼거렸다.
"본녀는 월후(月后)다."

마차의 문이 닫혔다.

우울하기 짝이 없었다.
프레스칸은 자신의 거처에서 한숨을 푹푹 내쉬었다.
아르베스와 함께 어르무리로 끌려갔던 것도 벌써 반년이 다 되어간다.
어르무리에서 이성민에게 영체가 박살 난 프레스칸은, 라이프 포스 배슬을 숨겨 두었던 비밀 거처에서 눈을 떴다.

프레스칸은 어르무리에서 대체 어떤 일이 벌어진 것인지 알지 못했고, 알고 싶지도 않았다.

이곳에 돌아오고, 프레스칸은 최근까지 정양하면서 영체를 다시 회복했다. 영체가 소멸되어 잃은 마력은 완전히 사라져서 돌아오지 않는다.

덕분에 지금의 프레스칸은 굉장히 약해진 상태였다.

'나는 버림받은 것인가?'

프레데터의 호출도 오지 않는다. 아르베스에게도 연락이 없다. 버림받은 것이겠지. 프레스칸은 우울함을 느끼며 축 늘어졌다.

아르베스의 명령도 수행하지 못했고, 마력조차 잃어버렸다. 아르베스는 아마 목적을 이루었을 것이다.

그러니 더 이상 프레스칸이 필요 없어진 것일 테고. 애초에 아르베스의 목적은 프레스칸에게 있는 것이 아니라, 프레스칸이 만들어낸 인공 생명인 아이네에게 있었다.

아이네에게 복종 각인을 새겨놓고서 마법진도 가동하였으니 프레스칸에게 볼 일이 없는 것도 당연한 일이다.

"팔자가 참 서럽구나."

프레스칸은 우울한 목소리로 중얼거렸다. 평생을 바쳐 이룬 비원을 아르베스에게 빼앗겼다.

검은 심장 중 하나는 빌어먹을 도둑에게 빼앗겼고, 그 도둑에게 영체가 파괴당하는 수모까지 겪었다.

대체 전생에 뭔 죄를 저질렀기에 이런 비참하고 개 같은 꼴을 연신 겪는단 말인가?

아니, 포기해서는 안 된다. 프레스칸은 벌떡 몸을 일으켰다. 아르베스에게 호출이 오지 않는다면 오히려 잘 되었다. 잃어버린 비원은 다시 이루면 된다. 이미 한 번 해보지 않았나.

사실 검은 심장을 만들어낼 수 있었던 것은 우연에 가까운 일이기는 했었지만, 프레스칸은 포기하지 않을 생각이었다.

다시, 다시 하면 된다. 다시 만들면 된다. 어차피 리치가 된 이상 시간은 무한하게 있다. 그래, 긍정적으로 생각하도록 하자.

몸을 일으킨 프레스칸은 로브를 질질 끌면서 걷기 시작했다. 우선 던전을 새로 만드는 것이 목적이다.

이곳을 던전으로 삼았다가, 만약에 지난번처럼 침입자가 들어 온다면 돌이킬 수 없는 일이 되고 만다.

이곳은 프레스칸이 라이프 포스 배슬을 숨겨 놓은 곳이기에, 이곳에서 습격을 당한다면 영체만 소멸하는 것이 아니라 완전히 죽음을 맞게 되고 만다.

"응?"

던전을 만드는 작업에 착수하기 위해 밖으로 나가던 프레스칸의 걸음이 우뚝 멈추었다. 이곳에 복잡하게 깔아 놓은 감지 마법과 침입자 요격 마법이 반응하고 있었다.

프레스칸은 부르르 몸을 떨었다.

신이시여. 대체 내가 뭔 개 같은 잘못을 저질렀기에 나에게 이런 시련을 주시나이까.

프레스칸은 진심으로 신을 원망하며 급히 몸을 돌렸다.

대체 어떤 놈이 들어온 것인지는 모르겠지만, 약해져 있는 지금의 상태로 침입자와 싸울 자신은 없었다.

감지 마법과 요격 마법이 파괴되는 속도를 보건대 결코 쉬운 놈이 아니다.

만전의 상태가 아닌 지금으로써는 절대로 싸워서는 안 된다. 프레스칸은 자신의 라이프 포스 배슬을 소중하게 감싸 안았다. 우선 이곳에서 탈출할 생각이었다.

"어디 가?"

실패했다.

프레스칸은 라이프 포스 배슬을 품에 안고서 우두커니 섰다. 프레스칸이 보는 곳에는 허름한 옷차림의 아이네가 서 있었다.

그녀는 진한 피로가 가득한 얼굴을 하고서 프레스칸을 보고 있었다.

"네, 네가 어떻게 여기에……?"

"아버지가 알려줬었잖아."

라이프 포스 배슬의 위치. 프레스칸은 이곳의 위치를 오직

아이네에게만 알려주었었다.

"아, 아니. 그것을 묻는 것이 아니라, 너는 아르베스에게……."

"모르겠어."

아이네가 중얼거렸다.

"정신을 차렸을 때, 나는 숲에 있었어. 내 주변에는 아무것도 없었고…… 아르베스는 어떻게 되었는지 모르겠어."

아이네는 지끈거리는 관자놀이를 꾹 눌렀다. 복종 각인이 새겨져 있는 동안의 기억은 그녀에게 남아 있지 않았다.

"무슨 일이 벌어진 것인지도 모르겠고, 주변에 아버지는 없고…… 그래서 이곳까지 왔어. 없으면 어떡하지, 라고 생각했는데…… 있어서 다행이야."

"오, 오오오……."

프레스칸은 감격하여 털썩 무릎을 꿇었다. 어르무리에서 무슨 일이 벌어졌던 것인지는 모른다.

그 두렵고 개 같던 아르베스가 어떻게 되었는지도 모른다.

하지만, 보라. 아이네가 직접 찾아오지 않았나! 그것에 프레스칸은 감격에 겨워 몸을 덜덜 떨었다.

"……아버지."

아이네가 프레스칸을 보며 입을 열었다.

"나, 이상해. 그 날, 숲에서 눈을 뜬 날부터…… 계속해서 배가 고파. 먹어도 먹어도 계속 배가 고프단 말이야."

아이네는 그렇게 중얼거리며 자신의 배에 손을 얹었다.

"이곳에 오면서 아주 많은 것들을 먹었어. 사람도 먹었고, 몬스터도, 짐승도, 벌레도, 계속해서 먹었어. 그런데 계속 배가 고파. 먹어도 배가 잠깐 덜 고플 뿐, 계속해서 배가 고파져."

"그래, 그래."

프레스칸이 홀린 듯이 머리를 끄덕거렸다.

"그렇다면 먹으러 가자. 그래, 네가 먹을 수 있는 것은 얼마든지 있으니까 말이야."

프레스칸은 벌떡 몸을 일으켰다.

"자, 가자. 내 딸아. 이 아비와 오랜만에 외식이나 하자꾸나."

프레스칸은 즐거운 목소리로 외쳤다. 그렇게 말해봤자 리치인 프레스칸은 음식을 먹는 것이 불가능하다. 아이네는 그런 프레스칸을 보며 피식 웃었다.

"응, 아버지."

이곳까지 오는 동안은 그냥 가지 말까, 몇 번이나 생각했다. 하지만 막상 와보니 그런 생각은 들지 않았다.

오기를 잘했다.

아이네는 그런 생각을 하며 프레스칸과 함께 걸었다.

벨라도르에서 남궁세가를 초토화시킨 뒤에, 이성민은 바로 레그로 숲으로 향했다.

남궁세가가 무명의 고수에게 습격을 당했고, 가주를 비롯한 장로들과 고수들이 모조리 참패를 당했다는 것은 벨라도르뿐만이 아니라 에리아 전역으로 퍼져 나갔다.

소문은 퍼져 나가면서 부풀려지기 마련이지만, 남궁세가의 참패는 부풀릴 것도 없이 자체만으로도 굉장한 이슈가 되었다.

남궁세가를 습격한 '정현수'라는 이름의 고수는 대체 누구인가? 은거 고수인가? 원한에 의한 일인가? 남궁세가와 정현수 사이에 대체 무슨 인과관계가 얽혀 있단 말인가?

온갖 가십이 붙고 나돌았지만, 이성민은 무시했다. 어차피 더 이상은 정현수라는 이름을 쓸 필요도 없다.

레그로 숲의 앞에서, 이성민은 인피면구를 벗었다.

몇 달 동안 쓰고 있던 인피면구를 벗고서 자신의 진짜 얼굴을 어루만진다. 영 감각이 어색하여, 이성민은 피식 웃었다.

레그로 숲은 그리 크지 않았다. 에리아 어디를 가도 있을 법한 흔한 숲이다.

설마 저 숲에 사마련주가 은거하고 있을 줄이야. 이성민은 숲을 내려 보면서 생각했다. 사마련주가 숲의 어디에 은거하고 있을지는 모르는 일이었으나, 그건 큰 문제가 되지 않았다.

저 정도 크기의 숲이라면 반나절이면 모조리 둘러볼 수 있을 테니까.

'위지호연도 있을 테고.'

이성민은 그런 기대를 품으며 숲으로 들어갔다. 이성민은 자신의 기세를 숨기지 않고서 내비쳤다.

숲이 파르르 몸을 떨기 시작했다. 사마련주와 위지호연이 이 기세를 느끼고서 찾아와 주기를 바라고 한 행동이었다.

"요란하군."

생각대로였다. 얼마 걷지 않아 투덜거리는 목소리가 들렸다.

파직!

이성민의 주변에서 검은 전류가 튀어 올랐다. 이성민이 소리가 난 방향을 보자, 검은 전류의 안에서 사마련주가 몸을 일으키고 있었다.

"그냥 얌전히 들어와도 알아서 마중을 갈 텐데. 뭐하러 나 여기에 있다고 광고를 하는 것이냐."

사마련주는 이성민을 향해 쏘아붙였다. 그는 갈기가 북슬거리는 사자의 가면을 쓰고 있었다.

"약한 개가 크게 짖는다고들 하는데. 지금의 네가 꼭 그 꼴이구나."

사마련주는 그렇게 투덜거리며 이성민을 향해 다가왔다. 강렬하게 쏘아지는 이성민의 기세 속에서도 사마련주는 조금의 흔들림도 없었다.

"소천마. 그 계집과 똑같군."

그 말에 이성민의 눈썹이 움찔 떨렸다.

"……뭐라고?"

"약하면서 크게 짖어대는 꼴이 소천마와 똑같단 말이다."

사마련주가 노골적으로 귀찮음을 내비치며 대답했다.

사마련주의 말에 이성민은 멍한 얼굴이 되었다. 약한 주제에 크게 짖는다.

그 말이 의미하는 바는 명확했다. 하지만 그 '약한 주제에'라고 칭하는 대상은 바로 위지호연이다.

이성민은 떨리는 목소리로 물었다.

"……위지호연이 약하다고?"

"응?"

사마련주는 미간을 찡그리며 이성민을 보았다.

"아."

사마련주는 뭔가를 깨달았다는 듯이 쿡쿡거리며 웃었다.

"뭔가 오해하고 있는 모양이군. 권존의 저주는 풀렸다. 너, 권존을 죽인 것이지?"

"……그래."

"역시. 덕분에 권존의 저주는 풀렸고, 소천마, 그 계집의 몸 상태는 정상으로 돌아왔지."

"그렇다면…… 대체 무슨 소리냐? 약한 주제에 크게 짖는다니?"

"말 그대로의 의미지."

따라와라. 사마련주가 빙글 몸을 돌렸다.

"저주가 풀리고, 그 계집은 무슨 자신감에서인지 본좌에게 비무를 청했다."

사마련주가 앞장서서 걷는다. 이성민은 사마련주의 어깨 주변에서 흔들거리는 사자의 갈기를 보면서 사마련주의 말에 귀를 기울였다.

"사흘 동안 몸을 정양한 소천마와 비무를 했지. 결과가 궁금한가?"

"……궁금해."

"보고도 모르겠느냐. 본좌가 말했을 텐데. 그 계집은 약한 주제에 크게 짖어댔다고. 소천마니, 천재니 해봤자. 그 계집은 본좌의 십초지적이 되지 않았다."

사마련주가 느긋한 목소리로 말했고, 이성민은 자신이 들은 말을 의심했다.

이성민의 걸음이 우뚝 멈추었다.

십초지적. 소천마 위지호연이 사마련주의 십초를 채 받아내지 못했다는 말이다.

"……거짓말."

"본좌가 거짓말을 할 이유가 있느냐? 정 못 믿겠거든, 소천마를 만나 묻도록 해라. 그 자존심 강한 계집이 피를 토하며 땅을 나뒹군 것을 솔직하게 말해 줄지는 의문이다만."

사마련주가 큭큭거리며 웃었다.

믿을 수 없었다. 위지호연은, 소천마 위지호연은. 절대적일 정도로 강한 힘을 가진 무인이었다.

물론 위지호연보다 강한 인물을 만나지 않았던 것은 아니다. 권존보다 강하다는 검존도 만나보았고, 프레데터의 볼란데르나 제니엘라, 주원 같은 괴물들도 만나 보았다.

하지만 인정하고 싶지 않았다. 아무리 사마련주가 강하다고 해도, 그 위지호연이 사마련주의 십초지적이 되지 않았다니.

"……믿을 수 없어."

"본좌가 그 일에 대해 네놈을 납득시킬 필요는 느끼지 못하겠구나."

사마련주가 손을 들어 올렸다. 그가 허공을 어루만지자, 손을 댄 공간이 일그러지기 시작했다.

"이쪽이다."

공간이 쩍하고 갈라졌다. 어르무리에서 야나가 보여주었던 것과 비슷해 보이는 술법이었다.

사마련주는 공간의 틈 사이로 걸어 들어갔고, 이성민도 머뭇거리며 사마련주를 따라 안으로 들어갔다.

공간의 틈을 지나 도착한 것은 여전히 숲이었으나, 방금 이성민이 있었던 숲과는 판이하게 달랐다.

나무는 더욱 높았고, 사방에 아름다운 꽃들이 피어나 있었다. 무의식적으로 호흡하던 이성민은 흠칫 놀랄 수밖에 없었다. 호흡에 섞인 자연지기의 양이 엄청나다.

이성민은 당황하여 주변을 둘러보았다.

"이곳이 진짜 레그로 숲이다. 아무나 들어올 수는 없는 곳이지."

사마련주가 웃으며 말했다.

"네놈은 소천마가 본좌에게 패배했음을 의심하고 있구나. 왜지? 네놈에게 있어서 소천마는, 패배를 모르는 절대적인 무인이기 때문이냐?"

"소천마는…… 위지호연은 강해. 그녀는 내가 보았던 그 누구보다 뛰어난 재능을 가진 천재다."

"그 소천마는 권존과 싸우고, 권존을 제압하지 못하여 동수를 이루었다. 그리고 저주까지 걸렸지. 네가 말한, '누구보다 뛰어난 재능을 가진 천재'라고 해봐야 고작해야 그 정도일 뿐이다. 물론 소천마는 나이가 어리니 앞으로 얼마든지 더 강해질 수 있겠지."

사마련주가 껄껄 웃으며 말했다.

"하지만 지금은 그 정도밖에 되지 않아. 그리고, 누구보다 뛰어난 재능을 가진 천재라는 말도 우습군. 소천마의 재능이 뛰어나다는 것은 인정한다. 하지만 그런 말은 쉽사리 해서는 안 돼. 본좌만 해도 소천마보다 뛰어나니까 말이야."

"그건……."

"그리고."

사마련주가 몸을 돌렸다.

"본좌가 지난번에 했던 말을 기억하느냐?"

"뭐라고?"

"나중에 만났을 때, 말을 높이지 않는다면 볼기짝을 때려주겠다고 했을 텐데?"

"그게 뭔……."

이성민이 어이가 없어서 대꾸하려고 할 때였다.

사마련주의 모습이 사라졌다.

그런 사마련주의 움직임은 이성민이 파악할 수 없을 정도로 은밀하고 빨랐다. 당황한 이성민이 주변을 둘러보려 했을 때.

짜악!

커다란 소리와 함께 이성민은 엉덩이가 찢어지는 것 같은 격통을 느꼈다.

이성민의 몸이 붕 떠올랐다. 하늘로 떠오른 이성민의 몸이 바닥으로 떨어졌다.

여태까지 살아오면서 이성민은 다양한 고통을 느껴보았고, 어느 정도 고통에 내성이 생겼노라고 자신할 수 있었다. 하지만 지금은 아니었다.

호신강기를 끌어 올릴 틈도 없었다. 몸 안의 반탄기도 작용하지 않았다.

이성민은 불에 지진 것처럼 화끈거리고 욱신거리는 엉덩이를 양손으로 잡고서 신음을 흘렸다.

태어나서 이렇게 강하게 엉덩이를 맞은 것은 처음이었다.

"말을 높여라."

사마련주가 뒷짐을 지고서 섰다. 그는 근엄한 목소리를 내며 엉덩이를 감싸고 쓰러져 있는 이성민을 내려 보았다.

"본좌는 너보다 강하고, 너보다 대단하다. 그러니 말을 높이는 것이 당연하지 않으냐?"

"이런 미친……!"

"말본새가 영 나쁘군. 한 번 더 맞아 볼 테냐?"

사마련주가 오른손을 들어 흔들었다. 그것을 보고 이성민은 찔끔하여 입을 다물었다.

차라리 다른 곳을 맞고 말지, 볼기짝을 또 맞는 것은 사양이었다.

"……아닙…… 니다."

"그래. 진즉에 그럴 것이지."

사마련주가 흐뭇한 목소리로 말했다.

이성민은 화끈거리는 엉덩이를 손으로 문지르면서 몸을 일으켰다. 이성민의 머릿속에서는 허주가 자지러질 듯 웃어대고 있었다.

'뭐 이렇게 빨라……?'

이성민은 아랫입술을 뿌득 씹었다. 이성민 역시 초월지경에 들었는데, 사마련주의 움직임을 파악하지 못했다.

이성민은 아직도 아픈 엉덩이를 손으로 만지면서 다시 걷기 시작하는 사마련주의 뒤를 따라 걸었다.

"권존을 죽일 때, 천외천이 개입하지는 않았나?"

"……검존을 만났습니다."

"네가 살아 있는 것을 보면 검존이 너에게 죽은 모양이로군."

"예."

"그래. 검존은 어떻더냐?"

사마련주가 웃는 목소리로 물었다. 이성민은 솔직하게 대답했다.

"강했습니다."

"너보다는 약했으니까 죽은 것이겠지. 검존과 권존이 죽었다면…… 육존자 중 둘밖에 남지 않았군."

자그마한 빛무리들이 사마련주에게 날아들었다.

이성민은 빛 속에서 날개를 파닥거리는 자그마한 요정들을 보며 눈을 크게 떴다.

요정에 대한 이야기는 들어 보았어도, 요정을 직접 보는 것은 처음이었기 때문이다.

"련주, 련주. 또 손님이야?"

요정들이 사마련주의 어깨에 앉아 재잘거리며 떠들었다. 사마련주는 그런 요정들의 목소리를 내버려 두고서 말을 계속했다.

"초월지경의 세계에 온 것을 축하하마. 그래 봤자 걸음마를 조금 뗀 정도일 뿐이지만 말이야."

"걸음마?"

"그래. 걸음마. 초절정에서도 격차가 있듯이 초월지경의 안에도 격차는 있다. 본좌가 보기에는 네 실력은 걸음마를 막 뗀 정도밖에 되지 않아. 그래도 소천마보다는 낫다만."

"……그게 무슨 말입니까?"

"네가 지금의 소천마보다 강하다는 말이다."

이성민은 걸음을 멈췄다.

그는 앞서 걷는 사마련주의 등을 노려보았다.

몇 걸음 더 걷던 사마련주는, 이성민이 움직이지 않자 걸음을 멈추고서 뒤를 돌아보았다.

"……내가…… 위지호연보다 강하다는 겁니까?"

“그래. 네가 걸음마를 뗀 정도라면 소천마는 아직 옹알이를 하는 수준이야. 아니, 그보다는 낫겠군. 이제 기어가고 있다고 해야 할까? 아니면 일어서는 법을 배우고 있다고 할까…….”

“믿을 수 없습니다.”

“넌 참 지랄 맞은 놈이로구나.”

이성민의 대답에 사마련주가 헛웃음을 흘렸다.

“네 실력을 인정해 주는데 왜 지랄을 하는 것이냐. 소천마는 본좌의 십초지적이 되지 않았다만 너는 본좌의 십초는 버틸 수 있을 게다. 어쩌면 십오초까지 버틸지도 모르고. 소천마와 싸워 본 본좌가 그를 인정해 주는데, 대체 네가 뭐라고 지랄을 하는 것이냐?”

“위지호연은 약하지 않습니다.”

“약하지 않지. 그렇다고 강하지도 않고 말이야. 너는…… 참 이상하군. 네놈이 쓰는 무공이 소천마에게서 배운 것이기 때문이냐? 아니면 소천마가 네놈의 목표이자 동경이고 이상이기 때문이냐?”

사마련주가 킬킬 웃으며 물었다. 그 말에 이성민의 입술이 파들거리며 떨렸다.

뭐라 반박을 하고 싶었으나, 이성민은 반박을 위한 말을 내뱉을 수가 없었다.

맞는 말이었기 때문이다. 위지호연은 이성민의 목표였고, 동경이고, 이상이었다.

이성민이 익힌 대부분의 무공은 위지호연에게 직접 배운 것이었고, 창을 쓰는 법 또한 위지호연에게 배웠다.

"네놈의 목표이자 동경이고 이상이던 소천마가, 너보다 약하다는 것을 받아들일 수 없는 것이냐?"

사마련주가 다시 묻는다. 이성민은 여전히 대답하지 않았다. 사마련주가 헛웃음을 흘렸다.

"웃기는 놈이군. 목표로 삼은 이유가 뭐냐. 닮고 싶어서냐? 뛰어넘고 싶어서냐? 동경으로 삼은 대상이 너보다 못하다는 것이 허탈한가? 이상적인 대상이 그리 대단하지 못한 존재가 되었다는 것이 허무한가?"

"그건……."

"착각하지 마라, 꼬마야. 지금의 네가 소천마보다 강하다고 해서 언제까지 그렇다는 것은 아니니까. 네놈이 발악하지 않는 한 소천마는 다시 너와 멀리 거리를 둘 것이다."

그 말에.

이성민은 안심해 버렸다. 굳었던 표정이 풀어진다. 그래, 그래야지. 그렇게 생각한 순간이었다.

화악!

사마련주가 이성민의 코앞까지 다가왔다. 이성민은 기겁하여 뒤로 물러섰고, 가면의 눈구멍 너머로 사마련주의 눈이 가늘어졌다.

"꼬마야."

사마련주가 입을 열었다.

"너는 방금 본좌의 말을 듣고 안심했구나. 네가 동경으로 삼은 대상이 다시 동경이 되어서. 이상으로 삼은 소천마가 다시 이상이 되어서. 목표가 다시 멀어지게 된 것에 안심했어."

"그게…… 잘못된 겁니까?"

"목표를 뛰어넘었다는 것에, 동경이자 이상을 우습게 여길 수 있게 되었다는 것에 너는 조금도 기뻐하지 않았다."

사마련주의 목소리가 차갑게 식어갔다.

"너는 대체 뭘 하고 싶은 거냐. 왜 무공을 익히고, 무공을 익힌 모든 이들이 바라 마지않는 초월지경이 된 것이냐?"

사마련주에게서 사나운 기세가 솟구쳤다. 사마련주의 어깨 주변에 맴돌던 요정들이 움찔 몸을 떨었다.

"단순히 뒤를 쫓아가는 입장에 만족하고 싶은 것이냐? 목표를 여전히 목표로, 동경으로, 이상으로 두고 있는 것에 만족한 것이냐?"

"……아닙니다."

이성민은 목소리를 쥐어 짜냈다. 아니다. 위지호연을 목표로, 동경으로, 이상으로 삼았던 것은 맞다.

하지만 그것만으로 무공을 익힌 것은 아니다. 무공이 좋았다. 창이 좋았다. 자신이 어디까지 할 수 있는지, 어느 경지에 도달할 수 있는지 스스로 확인해 보고 싶었다.

"단지…… 놀랐을 뿐입니다. 내가 아는 위지호연은 언제나 나보다 강했으니까."

"만약 네놈이 언제까지고 소천마의 밑에 있는 것에 만족하고 즐길 생각이었다면, 본좌는 지금 이 자리에서 네놈을 죽일 생각이었다."

사납던 기세가 언제 그랬냐는 듯이 평온하게 가라앉았다.

"이 마왕 양일천의 제자라면 천하제일이어야만 한다. 자질이 부족하다면 그 자질을 씹어먹을 만큼 독해야 하고 노력해야 한다. 현실이 아니더라도 포부만큼은 천하제일이 되겠음을 바라야 하고, 언젠가 천하제일이 될 것을 의심하지 말아야 한다."

사마련주는 그렇게 말하면서 홱 하고 몸을 돌렸다.

근엄하게 내뱉은 말을 듣고 있던 이성민은, 뭔가 이상하다는 것을 깨달았다.

"잠깐."

"뭐냐, 또."

사마련주가 걸음을 멈추고서 짜증스러운 목소리로 되물었다.

"제자라니……? 그게 무슨 말입니까? 왜 나한테 그런 말을 하는 겁니까?"

"아. 말하는 것을 잊었군."

사마련주가 허허 웃었다.

"본좌는 너를 제자로 삼을 생각이다."

이성민의 입이 쩍하고 벌어졌다.

진심으로 하는 말인가?

이성민은 믿을 수 없다는 눈으로 사마련주를 보았다.

가면의 눈구멍 너머로 빙글 휘어져 있는 사마련주의 눈이 보인다.

그런 사마련주의 표정 덕에, 이성민은 방금 사마련주가 한 말이 진담인지 농담인지 분간을 할 수가 없었다.

사마련주, 마황 양일천.

그는 이성민이 전생을 살았을 적부터 신화나 전설처럼 취급되던 존재다.

사파 연합인 사마련의 정점에 서 있으면서도 직접 모습을 보이거나 활동하지도 않고, 마치 이야기 속의 인물처럼 행적과 이름만이 알려졌을 뿐이었다.

그런 사마련주가, 제자로 삼겠다고 말하는 것이다.

이성민은 벌렸던 입을 다물고서 꿀꺽 침을 삼켰다.

"……진심으로 하는 말입니까?"

"그럼, 거짓으로 할까?"

"왜 나를?"

이성민은 머뭇거리며 질문했다.

초월지경에 들어섰다고 하지만, 이성민은 자신의 재능이 그리 대단하지 않다는 것을 너무나 잘 알고 있었다.

초월지경에 들어설 수 있었던 것은 시간의 신인 데니르의 시련을 받아 2,100년 동안 무공에 매진한 탓이고, 그럴 수 있었던 것도 므쉬의 산에서 차라리 죽는 것이 나을 고행을 한 덕분이었다.

"내 재능은 그리 대단한 편이 아닙니다. 당신의 제자가 된다고 하여도……."

"알아."

사마련주는 피식 웃으며 말했다.

"네 재능이 잘 쳐줘 봐야 범재에 그친다는 것은 안다. 그런 주제에 네가 초월지경에 들 수 있었던 것은 데니르의 시련을 극복했기 때문이겠지."

"……예?"

사마련주의 말에 이성민의 눈이 크게 떠졌다. 사마련주가 어떻게 그 사실을 안단 말인가?

이성민이 당혹스러워하자, 사마련주가 껄껄 웃었다.

"뭐, 추측이다만. 본좌는 네가 암존과 싸우는 것을 보았다. 네놈의 나이에 맞지 않게 창법이 노련하더군. 네가 싸우는 것을 보고 본좌가 느낀 것은, 심득을 육체가 따라가지 못한다는 것이었다. 어느 정도 심득이 앞서 있다면 그럴 수도 있겠다만, 네 경우에는 그 괴리가 너무나도 컸다. 본좌가 아는 한 그런 비정상적인 상태가 되기 위해서는 데니르의 시련을 견디는 수밖에 없다. 아닌가?"

"……맞습니다."

"몇 년을 버텼느냐?"

사마련주가 질문했다. 이성민은 머뭇거리다가 2,100년을 버텼노라고 대답했다.

그 대답에 사마련주가 소리 높여 웃었다.

"미친놈이로군."

"……당신도 데니르의 시련을 받은 겁니까?"

"오래전의 일이다."

다시 사마련주는 몸을 돌렸다. 사마련주가 일으켰던 기세에 물러섰던 요정들이 다시 사마련주의 곁으로 다가왔다.

"본좌가 아직 꼬맹이 시절이었을 때의 이야기지. 데니르의 시련에서 본좌는 600년을 버텼다. 그 이후로는 영 못하겠다 싶어서 나와 버렸지. 그런데 2,100년이라…… 넌 인간이 맞기는 한 거냐?"

엔비루스도 1,000년을 버티는 것이 고작이었고, 데니르가 말하기를 이성민을 제외하고서는 엔비루스가 가장 긴 시간을 버텼다고 했다.

사마련주 정도의 인물도 600년밖에 버티지 못했다고 하는 것을 보면 데니르의 시련이 끔찍하기는 한 모양이었다.

"뭐, 어찌 되었든. 본좌는 네가 뛰어난 자질을 가진 천재라서, 그 어린 나이에 초월지경을 돌파해서 제자로 삼겠다는 것은 아니다. 본좌가 말하지 않았느냐. 자질이 부족하다면 그 자질을 씹어먹을 만큼 독해야 하고 노력해야 한다고. 현실이 아니더라도 포부만큼은 천하제일이 되겠음을 바라야 하고, 언젠가 천하제일이 될 것을 의심하지 말아야 한다고."

사마련주의 걸음이 멈췄다.

멀지 않은 곳에 낡은 오두막이 세워져 있었다. 뒷짐을 지고서 오두막을 보고 있던 사마련주가 천천히 몸을 돌렸다.

"2,100년이나 버텼다면 자질을 씹어 먹을 만큼 독하다는 것은 충족되고. 문제는 포부다만, 어떠냐. 너는 천하제일을 바라고 있느냐?"

이성민은 대답을 망설였다. 천하제일. 초월지경이 되었음에도, 이성민은 그 단어를 자각해 본 적이 없었다.

이전에는 천하제일을 말하기에 하찮은 실력을 가지고 있었고, 지금은 세상이 너무 넓음을 알게 되었다.

"머저리 같은 놈. 사내다움이 부족하구나. 본좌는 그게 불만이야."

사마련주가 피식 웃었다.

"그렇다면 이건 어떠냐. 소천마가 천하제일이 된다면, 소천마를 동경이자 목표로, 이상으로 삼고 있는 너는…… 소천마를 뛰어넘고자 할 것이냐?"

"예."

그 대답에 망설임은 없었다. 사마련주는 그런 이성민의 대답이 영 탐탁지 않은 모양이었지만, 그래도 불만을 말하지는 않았다.

"그래서. 제자가 되겠다는 것이냐, 말겠다는 것이냐?"

그렇지만 그 제안에 쉽사리 대답할 수는 없었다. 만약 이성민이 절정 수준이라면 몰랐을까, 이미 초월지경에 올랐는데 사마련주의 제자가 된다고 해서 무엇을 더 배운단 말인가?

"……당신의 제자가 된다면…… 나는 무엇을 배울 수 있는 겁니까?"

"하하하!"

이성민의 질문에 사마련주가 큰 소리로 웃음을 터뜨렸다. 한참을 웃던 사마련주의 웃음이 뚝 멈췄다.

"네게 부족한 모든 것을 가르칠 수 있지."

"내 부족함이 무엇입니까?"

"글쎄다. 그건 앞으로 알아봐야겠지."

사마련주의 대답은 너무 느긋해서 어이가 없을 정도였다.

이성민이 기가 찬다는 표정을 짓자 사마련주가 다시 피식거리며 웃었다.

"제자가 된다고 해서 무조건 무공을 배우는 것은 아니다."

"다른 것이 더 있다는 말입니까?"

"네가 본좌의 제자가 된다는 것은, 사마련주인 마황 양일천의 제자가 된다는 것이다. 그 말인즉, 네가 본좌의 후계자가 된다는 말이지."

이성민은 움찔 몸을 떨었다.

그렇다. 사마련주는 단순히 무공이 뛰어난 고수가 아니다.

그는 에리아의 사파 연합인 사마련의 정점에 선 인물이었고, 이성민이 사마련주의 제자가 된다면 사마련주의 정식 후계자로서 사마련의 이인자로 군림할 수 있게 되는 것이다.

"왜 나를……?"

"본좌는 천재보다 발악하는 범재를 좋아한다."

사마련주가 대답했다.

"네가 초월지경이 된 것이 그 발악의 증명이라고 할 수 있겠지. 지금 당장 대답하라는 것은 아니다. 충분히 여유를 두고, 고민하고, 그 뒤에 결정해라. 괜히 나중에 후회한다고 하지 말고."

"알겠습니다."

과거 이성민을 만났던 사람들이 이유 없는 호의를 보였던 것은, 이성민이 회귀하면서 얻었던 괴력난신의 가호 때문이었다.

하지만 그 가호는 소림의 불영대사에 의해 사라졌다.

암존과의 싸움에서 사마련주가 보여주었던 이유 없는 호의가 발악하는 범재인 것에 기인한 것일까. 이성민은 사마련주의 속내를 도통 알 수가 없었다.

"……위지호연은 어디에 있습니까?"

"아, 그래. 우선 그 꼬맹이를 만나봐야겠지."

사마련주는 그렇게 중얼거리면서 손을 들어 숲 쪽을 가리켰다.

"그 계집은 숲속에서 살고 있다. 본좌에게 두들겨 맞은 이후로는 도통 숲에서 나오지 않더군. 아마 그 계집도 네가 이곳에 왔음을 알고 있을 거야. 본좌와 함께 있으니까 나오지 않는 것이겠지만."

이성민은 사마련주에게 꾸벅 머리를 숙여 보인 뒤에, 숲으로 향했다.

무성한 숲에는 요정들이 가득했다. 엘프보다 보기 힘들다는 요정이 이렇게 많다니. 이성민은 자신의 주변을 맴도는 요정들을 놀랍다는 눈으로 보았다.

"너는 이름이 뭐야?"

"어디로 가는 거야?"

요정들이 이성민의 주변에 와서 재잘거리며 떠들었다.

이성민은 처음 보는 요정들이 신기하고 귀여워서, 처음에는 요정들이 묻는 것에 하나하나 대답해 주었다.

하지만 질문에 하나씩 대답해 주자니 끝이 없었다. 요정들은 계속해서 몰려들었고, 뭐 그리 궁금한 것이 많은지 쉼 없이 질문을 던졌다.

"여기는 안 돼."

"그 여자는 무서워."

어느 순간. 요정들이 바르르 몸을 떨더니 날개를 파닥거리면서 이성민에게서 떨어졌다.

'그 여자.'

이성민은 요정들이 떠나가면서 했던 말을 떠올리며 주변을 둘러보았다.

"위지호연."

이성민은 입을 열어 그녀의 이름을 불렀다. 시선이 느껴진다. 하지만 위지호연은 모습을 보이지 않고 있었다. 사실…… 이성민은 위지호연이 어디에 있는지 알고 있었다.

확장된 감각이 위지호연의 위치를 알려준다. 위지호연은 멀리 떨어진 나무의 위에서 이성민을 보고 있었다.

나뭇가지 위에 선 위지호연은 입을 꾹 다물고 있었다. 거의 일 년 만에 만나는 것이다.

몇 번인가 상상했던 재회였지만, 위지호연은 상상했던 재회의 순간처럼 이성민에게 뛰어갈 수가 없었다.

'강해졌어.'

위지호연은 멀리 있는 이성민의 얼굴을 물끄러미 보았다. 그것은 신비로운 기분이었다.

언제나 위지호연은 이성민보다 강했고, 그것에 익숙해져 있었다. 처음 만났을 때에도, 십여 년 만에 재회했을 때에도. 위지호연은 가슴 깊은 곳에서 피어오르는 이 감정이 대체 어떤 것인지 알 수가 없었다.

오래전, 서로가 어렸을 적에.

위지호연은 이성민에게 말했었다.

자신을 목표로 삼으라고. 목표 없이 단순히 살아가는 것만을, 그저 전생보다 나은 삶을 살겠다는 생각으로 애매하게 살아가지 말라고.

지금은 어떨까.

위지호연은 천천히 나뭇가지에서 내려왔다. 그녀는 잘 알고 있었다.

자신이 저주로 인해 약해져 있는 동안에 자신의 유일한 친구가 얼마나 강해졌는지.

일 년 전에 보았을 때와 비교가 되지 않을 정도로 강해졌다. 뛰어난 재능을 갖지 않았던 이성민이 어떻게 저렇게 강해질 수 있었던 것일까.

대체 얼마나 독한, 끔찍한 노력을 해왔기에 저만한 경지에 도달할 수 있었을까.

'지금의 나는.'

위지호연은 이성민에게 다가갔다. 이성민은 다가오는 위지호연을 보았다.

'어쩌면 너보다 약할지도 몰라.'

위지호연은 그런 생각을 하면서 쿡쿡 웃었다.

싸워보지 않았어도, 위지호연은 그것을 어렴풋이 느끼고 있었다. 그렇게 역전된 관계가 불쾌한 것은 아니었다.

불쾌하기보다는…… 조금, 두려웠다. 만약 내가 너보다 약해졌다면. 네게 있어서 목표로 삼을 만한 인간이 되지 못한다면.

"안녕."

먼저 입을 연 것은 위지호연이었다. 그녀는 포근한 미소를 지으면서 이성민에게 인사를 전했다.

이성민은 다가오는 위지호연을 멍하니 보았다. 일 년 만의 만남이다.

그녀는 거의 변하지 않았다. 머리가 조금 길어졌나? 저주에 걸렸을 때에는 수척했는데, 저주가 풀리고 몇 달 동안 이전의 활기를 되찾은 것만 같았다.

"몸은? 괜찮아?"

이성민은 먼저 그것을 물었다. 위지호연은 머리를 끄덕거렸다. 위지호연의 걸음이 멈췄다.

이성민과 위지호연은 그리 먼 거리를 두지 않고서 마주 섰다.

"사마련주에게 들었나?"

"뭘?"

"네가 오기 전에. 나는 사마련주에게 도전했고, 패배했다."

그 말을 하면서, 위지호연은 여전히 웃고 있었다.

"그는 대단한 고수더군. 이 내가…… 십초지적이 되지 않았어."

만나자마자 이런 말을 하는 것은 우습다만. 위지호연은 그렇게 덧붙이면서 키득키득 웃었다. 멈췄던 걸음이 다시 움직이고, 서로의 거리가 좁혀지기 시작했다.

"처음 일초를 받았을 때 직감했다. 나는 여기서 패배하겠구나."

위지호연이 흥얼거렸다.

"이초를 받았을 때에 또 직감했다. 사마련주가 나를 죽이고자 했다면 처음 일초에서 죽일 수 있었음을."

패배를 말함에도, 위지호연의 목소리는 우울하지 않았다.

"삼초를 받았을 때. 내상을 입었다."

오히려 흥분이 섞여 있었다.

"사초를 받았을 때. 그래…… 왼팔로 받았었는데. 왼팔이 부러졌지. 사마련주의 공격은 내 호신강기를 두부처럼 으깨버리더구나."

그리고 웃음이 섞였다.

"오초를 받았을 때. 나는 간신히 생각했다. 십초만 버티자고. 십초지적이 되고 싶지는 않았거든."

위지호연의 웃음이 높아졌다.

"그리고 칠초를 받았을 때. 땅에 쓰러졌다. 도저히 견딜 수가 없더군. 그는…… 사마련주는 괴물이었어. 나는 여태까지, 이 세상을 살아오면서. 만약에 '괴물'이라고 불릴 인간이 있다면 그것은 바로 나 자신이라고 생각했다. 오만하다고 생각하나?"

"아니. 그렇게 생각하지는 않아."

"난 오만했어."

위지호연이 머리를 가로저었다.

"권존과 싸우면서 세상이 제법 넓다는 것을 알았지만, 사마련주와의 싸움은 내가 얼마나 작은지 알게 된 계기였다. 그리고 내가 얼마나 고집스러웠는지, 이기적이었는지 알게 된 계기이기도 했어."

위지호연의 걸음이 멈추었다. 그녀는 이성민의 바로 앞에서 있었다.

"사마련주가 너를 제자로 삼겠다 말하지는 않았나?"

"……했지."

"제자가 되어라."

위지호연이 말했다.

"사마련주의 무공은 내가 너에게 가르친 모든 무공보다 우월하다. 이제 와서 창법을 버리고 심법을 버리는 것은 불가능한 일이겠지만, 사마련주의 수준이라면 새로이 무공을 가르치는 것보다 네가 익힌 무공의 부족함을 보완해 줄 수 있을 거다."

"그럴지도 모르지."

"뭐, 애초에 고민할 가치도 없는 이야기 아니냐. 사마련주 정도 되는 고수의 제자가 되는 것은 세상에 다시없을 기연이니까."

"내가 얻은 기연 중 가장 컸던 것은 너와 만났던 거야."

"듣기 좋은 말을 해주는구나."

이성민의 말에 위지호연이 웃음을 터뜨렸다.

"부탁하고 싶은 것이 있는데. 해도 될까?"

"무슨 부탁?"

"비무나 한 번 하자."

위지호연의 웃음이 진해졌다.

"10년 만이잖아."

3장
비무

갑작스러운 말이었다.

비무.

이성민은 놀란 얼굴이 되어 위지호연을 응시했다.

위지호연은 그런 이성민의 시선을 느끼면서 쿡쿡 웃는 소리를 냈다.

"이상한 말을 한 것도 아니잖아."

"그건 그렇지만…… 너무 갑작스럽잖아."

"나는 별로 그렇게 생각하지도 않는다. 뭐, 대단할 것도 아니잖아. 죽이고자 싸우는 것도 아니고."

"그렇지만……."

"나는."

위지호연이 머리를 가로저으며 이성민의 말을 끊어냈다.

"확인해 보고 싶다. 네가 얼마나 강해진 것인지. 너와 나 사이의 거리가 얼마나 좁혀졌는지."

그리고 얼마나 멀어졌는지. 위지호연은 그 말을 목소리로 내뱉지는 않았다.

이성민은 입을 다물고 위지호연의 얼굴을 물끄러미 보았다. 마주 보고 있는 위지호연의 눈동자는 흔들리지 않는다. 그녀는 웃고 있었지만, 그녀의 웃음에서는 거절을 허락하지 않는다는 단호함이 내비치고 있었다.

"……지금 당장?"

"응."

위지호연이 머리를 끄덕거렸다. 너무…… 갑작스럽다. 이제야 만났고, 하고 싶은 말이 많다. 하지만 위지호연의 말을 거부하고 싶지는 않았다.

똑같았다.

위지호연이 확인해 보고 싶다고 말한 것처럼, 이성민도 확인해 보고 싶었다.

사마련주가 말했었다.

지금은 이성민이 위지호연보다 강하다고. 위지호연은 자신의 십초지적이 되지 못했지만, 이성민이라면 십오초까지는 갈 것이라고.

애매한 말이다.

그리고 믿지도 않았다. 고수 간의 싸움에 무공의 고하가 무조건 중요한 것은 아니다.

물론 차이가 너무 심하다면 말할 것도 없기는 하지만, 어느 정도 대등한 실력 하에서는 익힌 무공의 상성이나 변수가 승패의 결과를 가른다.

[사마련주의 말대로군.]

허주가 피식 웃으며 중얼거렸다.

[너는 저 계집에게 승리하고 싶은 것이냐? 패배하고 싶은 것이냐?]

'……솔직히.'

어느 쪽이든 좋다. 이성민은 그렇게 생각하며 창을 꺼냈다. 정현수의 이름을 쓸 적에 입었던 갑옷과 창은 이미 넣어두었고, 마갑과 셀게루스의 창을 들었다.

위지호연은 창을 쥐는 이성민을 보면서 흑룡포를 몸에 둘렀다.

"그만."

파직, 하고 전류가 튀었다.

이성민과 위지호연의 사이에 사마련주가 끼어들었다. 그의 이동은 경공처럼 보이지는 않았다.

굳이 비교할 대상을 찾자면 대마법사들이 사용하는 블링크와 같은 공간이동처럼 보였다.

위지호연과 이성민의 사이에 선 사마련주가 짜증스러운 목소리로 말했다.

"비무하는 것은 좋지만, 무턱대고 싸워대서는 안 되지."

"갑자기 무슨 말이야?"

위지호연의 눈가가 찌푸려졌다. 갑자기 끼어든 사마련주에게 짜증이 난 것이다. 사마련주는 위지호연을 힐긋 보면서 물었다.

"이 숲은 요정이 사는 숲이고, 요정 여왕의 영역이다. 마음대로 싸움을 벌여 숲을 해쳐서는 안 돼."

"나와 당신의 비무는 상관없었잖아."

"그때와 지금은 경우가 다르지."

사마련주가 피식 웃으며 말했다.

"그것은 일방적인 비무였다. 너는 제대로 된 공격도 하지 못하고 본좌의 공격에 시종일관 두들겨 맞았을 뿐이지. 그 과정에서 숲에 해를 가했던가?"

위지호연이 입을 꾹 다물었다.

"아니지. 네가 땅을 뒹군 것을 제외하고서는 숲에 아무런 해도 없었다. 하지만 저 꼬마와 네가 싸우게 된다면 숲이 망가지게 될 거야. 너희 둘의 무위는 고만고만하니까."

"……그래서?"

"허락을 구해라."

사마련주가 말했다.

"요정의 여왕을 찾아가, 이 숲에서 싸움을 벌여도 되겠느냐고. 그렇다면 여왕이 적절한 대처를 해줄 것이다."

그 말에 위지호연은 더 이상 고집을 부릴 수가 없었다. 그녀는 사마련주에게 패배했고, 사마련주의 무위를 인정하고 있었다.

이성민도 반론하지는 않았다. 잠깐의 침묵 끝에 위지호연이 입을 열었다.

"그렇다면 요정의 여왕을 만나게 해줘."

"성격도 급하시군."

사마련주가 이죽거렸지만 위지호연은 반응하지 않았다. 사마련주는 이성민을 힐긋 보았다.

"너도 지금 당장 저 계집과 싸워보고 싶은 것이냐?"

"상관없습니다."

이성민의 대답을 듣고서 사마련주는 껄껄 웃었다. 그는 홱 하고 몸을 돌리더니 숲의 안쪽으로 들어가기 시작했다.

위지호연은 말없이 사마련주의 뒤를 따랐고, 이성민도 그녀와 함께 걸었다.

"갑작스럽기는 하군."

위지호연이 먼저 입을 열었다.

"하지만 기다리고 싶지 않았어. 10년이 넘는 시간이 흘렀잖

아. 애초의 약속은…… 1년 전의 루베스였지. 그곳에서 만나고, 서로가 얼마나 성장했는지 확인하는 것이 우리의 약속이었어."

"그랬지."

"그때의 나는 저주에 걸려 약해져 있었지. 하지만 지금에 와서는 오히려 그것이 잘되었다고 봐. 그로 인해 약속이 뒤로 미루어졌고, 1년이 더 흐르면서 너는 더욱 강해졌어."

위지호연이 풋 하고 웃었다.

"솔직히 나는 상상도 하지 못했다. 11년 전의 네가 이렇게까지 강해질 것이라고는. 그래서 더욱 기다리고 싶지 않았던 거야. 이미 1년이나 흘렀고…… 더 기다리고 싶지는 않아. 확인해 보고 싶어."

"내가 얼마나 강해졌는지?"

"그래."

굳이 그것뿐만은 아니다. 이 숲에서 지내는 일 년 동안, 위지호연은 계속해서 이성민에 대해 생각했었다.

저주에 걸려 약해져 있던 무력한 자신과 그런 자신을 지키겠다고 암존과 싸우던 이성민의 모습을.

어린 시절, 처음 제나비스에 소환되었을 때의 만남도. 던전에서의 만남도.

그리고 앞으로는 어떻게 될지도.

"이곳이다."

사마련주의 걸음이 멈추었다. 작은 호수가 숲의 한가운데에 있었다. 호수의 물은 투명하게 반짝거렸지만, 그 안에는 작은 물고기 하나도 보이지 않았다.

위지호연은 아름답고 화려한 꽃밭의 한가운데에 놓인 호수를 보며 작은 탄성을 내질렀다.

이성민은 호수의 경관에 탄성을 흘리는 위지호연을 힐긋 보았다.

생각해 보면, 위지호연의 저런 반응을 보는 것은 처음이었다.

"오슬라."

사마련주가 호수로 다가가면서 누군가의 이름을 불렀다.

"못 들은 척하지 말고 나와. 다 듣고 있었잖아. 네가 모습을 보이지 않는 덕에 본좌가 이곳까지 와버렸단 말이다."

사마련주는 그렇게 투덜거리면서 호수를 응시했다. 그러자 호수가 출렁거리기 시작했다.

호수의 수면이 보글보글 끓는다. 이성민과 위지호연은 거품을 내며 끓는 호수를 바라보았다.

하지만 호수는 한참 동안 보글거리기만 할 뿐 그 외의 다른 변화는 보이지 않았다.

"호수에서 나올 줄 알았지?"

장난스러운 목소리와 함께 하늘에서 새하얀 빛이 뭉쳤다.

빛 속에서 모습을 보인 것은 요정보다 훨씬 큰, 그래 봤자 어린 소녀 정도의 크기를 한 요정이었다.

이성민과 위지호연은 당황하며 요정을 올려 보았다. 그녀는 커다랗고 화려한 나비 날개를 등 뒤에 활짝 펴고서 웃고 있었다.

"이래서 사람은 놀리는 맛이 있다니까. 련주는 너무 많이 놀려서 재미없어."

"본좌는 처음에도 낚인 적이 없다."

사마련주가 투덜거렸다.

"전부 다 들었으니 굳이 말할 필요는 없겠지."

"그래도 련주는 참 착해. 내가 듣고 있다는 것을 알면서도 굳이 이곳까지 와주었잖아. 아니면, 이 여왕님의 얼굴이 보고 싶어서 온 거야?"

오슬라가 입꼬리를 올리면서 물었다. 그 말에 사마련주는 콧방귀를 뀌며 이성민과 위지호연을 가리켰다.

"저 꼬맹이들이 서로 누가 더 센지 겨뤄보고 싶다는데. 상관없겠지?"

"고만고만한 실력인데 뭐 하러 겨뤄?"

"원래 인간은 누가 싼 똥이 더 굵은지도 겨뤄보고 싶어 하는 머저리들이니까."

"더러운 말 하지 마, 련주."

오슬라가 입술을 삐죽거렸다.

"뭐, 상관없어. 내 허락을 구하지 않고서 싸웠더라면 내가 혼을 내주었겠지만, 이곳까지 찾아와서 허락을 구했으니 그 성의를 보고 싸움을 벌이는 것을 허락해 줄게."

"그렇다는군."

사마련주가 머리를 끄덕거렸다. 오슬라의 날개가 가볍게 흔들렸다.

그러자 그녀를 중심으로 공간이 일렁거리기 시작했다. 어느새 꽃밭이 사라지고 백색의 공간이 만들어졌다.

격이 다른 존재. 오슬라는 므쉬나 데니르와 마찬가지로 인간이 범접할 수 없는 초월적인 존재였다.

"마음대로 해봐."

오슬라가 키득거렸고, 사마련주가 몇 걸음 뒤로 물러섰다. 위지호연은 그런 둘을 힐긋 보면서 중얼거렸다.

"여흥거리가 된다는 것은 기분이 나쁜데."

"불만이냐?"

"아니, 됐다."

위지호연은 그렇게 중얼거리며 이성민을 돌아보았다. 위지호연의 어깨에 두르고 있던 흑룡포가 천천히 몸을 일으켰다.

"비무라고는 하지만, 전력을 다해줬으면 좋겠다."

이성민은 말없이 창을 어루만졌다. 그런 이성민을 보며 위지호연이 빙그레 미소를 지었다.

"나 역시 그럴 생각이니까."

몇 번이나.

이렇게 위지호연과 다시 싸워보게 될 날을 떠올리곤 했었다.

제나비스에서 위지호연이 떠난 날. 이성민은 위지호연과 비무를 벌였고, 압도적인 격차와 뒤집을 수 없는 패배를 겪었다.

그 이후로 많은 시간이 흘렀다. 므쉬의 산에서 이성민은 매일매일 악몽을 꾸었고, 악몽 속에서 위지호연은 몇 번이나 출현했다.

악몽 속에서…… 이성민은 위지호연에게 번번이 끔찍한 패배를 겪었다. 단 한 번도. 이성민은 위지호연에게서 승리한 적이 없었다.

정신세계에서도 마찬가지였다. 그 백색 세계, 끝없는 고독에서 이성민은 위지호연을 떠올렸다. 위지호연은 이성민에게 있어서 삶의 목표였고, 이상이었고, 동경이었다.

바라 마지않던 싸움이다.

11년 전의 제나비스에서. 위지호연에게 질책을 들었을 때, 이성민은 반발하여 내뱉었었다.

너를 목표로 삼겠다고. 언젠가, 네 가슴에 창을 꽂겠다고.
물론 그 말을 진심으로 이행하려는 것은 아니다.

쓰러뜨리겠다고. 그렇게 말했었다.

위지호연의 발밑에서 새빨간 강기가 몸을 일으켰다.

그녀의 어깨에 둘린 흑룡포가 흔들거리기 시작했다.

위지호연의 도플갱어와 싸워 본 적은 있다. 그때에는 요력까지 사용하면서 간신히 승리를 거두었었다.

하지만 그때의 위지호연. 도플갱어인 위지호연과 진짜 사이에는 어마어마한 격차가 있다.

그 후로도 몇 년이나 흘렀으니, 이성민은 위지호연이 과연 얼마나 강할 것인지 상상이 되지 않았다.

[너무 쫄 필요는 없다.]

허주가 말했다.

[너는 충분히 강해.]

이성민은 창을 들어 올렸다. 구천무극창은 위지호연에게서 비롯된 무공이다.

기존의 구천무극창을 위지호연이 뜯어고쳐 이성민에게 가르쳤다.

자하신공 역시 마찬가지다. 이성민의 무공 근간을 이루는 그 둘이 위지호연에게서 비롯된 것이고, 위지호연은 구천무극창의 모든 창로를 파악하고 있다.

창법으로 우위를 점하는 것은 힘들 것이다. 이성민은 그 사실을 인정했다. 기교를 넣는다고 해도 초식을 따르는 이상 위지호연은 그것을 알고서 대응할 것이다.

"11년 전에, 내가 너에게 이십 초를 양보했었지."

위지호연이 말했다.

"이번에도 양보해야 할까?"

"……아니."

이성민은 양손으로 창을 잡았다.

"양보해 주지 않아도 괜찮아."

그 대답에 위지호연은 환한 미소를 지었다.

팟.

위지호연의 모습이 사라졌다.

쾌속한 이동이기는 했지만 사마련주의 것과는 비교가 되지 않는다.

이성민은 즉시 상체를 비틀었다.

빠악!

이성민이 들어 올린 창과 위지호연에게서 쏘아진 흑룡포가 충돌했다.

도플갱어와의 싸움을 통해, 이성민은 위지호연이 어떤 스타일의 싸움을 벌이는지 어느 정도는 파악하고 있었다.

위지호연의 무기는 흑룡포뿐이다. 길이가 마음대로 늘어나고 펼쳐지는 저 흑룡포는, 위지호연의 강기에 반응하여 그 어떤 무기보다 위력적이고 빠르며 변화가 자유롭다.

위력적이고, 빠르고, 자유로운 것은 이성민의 창도 마찬가지다. 구천무극창을 말하는 것이 아니다. 무공이 아니라 창을 다루는 것. 초월지경에 입문하지 않은 상태에서도 검존을 곤란하게 만든 것이 이성민의 창법이다.

크게 펼쳐져 휘둘러 치는 흑룡포가 이성민의 창과 닿았다. 이성민은 란의 수법으로 흑룡포의 방향을 옆으로 꺾었다.

그리고 반대편의 흑룡포가 날아온다.

쉭.

이성민의 몸이 잔상을 남기고 사라졌다. 무영탈혼의 일보무흔이다.

위지호연은 흑룡포만으로 이성민을 어찌할 수 없다는 것을 잘 알고 있었다. 위지호연의 양손이 활짝 펼쳐졌다. 위지호연의 무공의 바탕이 된 천마신공은 그녀가 아는 무수히 많은 무공 중에서 가장 끔찍하고 강력하다.

휘둘렀던 흑룡포가 그녀의 몸으로 돌아왔고, 위지호연은 오른발을 들어 올렸다.

꽈아앙!

위지호연의 발이 땅을 짓밟자 사방으로 붉은 강기가 폭사했다. 그것은 그 어떤 기교도 없는, 무식할 정도로 거대한 힘의 폭발이었다.

하지만 이성민은 당황하지 않았다. 무영탈혼의 이보유련. 두 걸음을 걷는 것으로 이성민은 자신을 덮쳐오는 강기의 흐름을 통째로 바꾸어버렸다.

단순히 걷는 것이 아니다.

초월지경의 심득이 담긴 이보유련은 두 걸음으로 공간축을 비틀며 강기의 방향을 억지로 틀어 버렸다.

'좋아.'

위지호연의 얼굴에 환한 미소가 어렸다. 위지호연은 강기의 흐름에서 벗어나 이쪽으로 창끝을 세운 이성민을 보며 어깨에 휘감고 있던 흑룡포를 잡았다.

"잔재주를 써서는 안 되겠어."

위지호연은 그렇게 말하며 흑룡포를 벗었다.

무기를 벗었다고 생각해서는 안 된다. 위지호연에게 있어서 흑룡포는 무기이자 방어구이기도 했지만, 흑룡포를 사용하는 것이 더 위력적인 것은 아니기 때문이다.

위지호연에게 있어서 최고의 무기는 다름 아닌 자신의 육체였다.

소리 없이 창이 쏘아졌다.

구천무극창의 절명섬은 극쾌의 창법이다. 너무 빠름에 치중하였기 때문에 변화를 줄 수 없다. 아니, 변화가 필요 없다고 해야 옳을 것이다.

하지만 위지호연은 그 절명섬을 알고 있었다. 구천무극창을 이루는 아홉 개의 초식. 위지호연은 그 아홉 개의 초식을 모조리 알고 있었다.

상대의 무공을 모두 파악하고 있다는 것은 이런 싸움에 있어서 굉장한 이점을 준다.

알고 있다. 절명섬은 빠르다. 그 빠름을 위력으로 둔다. 변화를 줄 수는 없다. 그래, 단순한 절명섬이라면 그럴 것이다.

거기에 무공을 섞는다. 혈환신마공의 혈류추살. 빠르게 쏘아진 절명섬을 타고서 수십 다발의 강기줄기가 폭사한다.

위지호연의 눈썹이 움찔 떨렸다.

저것은 구천무극창도, 자하신공도 아니다. 저 위력적인 강기는 제대로 된 강기공이다.

'그래. 그 두 무공이 전부는 아니겠지.'

쾌속한 이형환위의 보법. 두 걸음만으로 천마신공의 강기를 흩뜨렸던 것도 그 보법의 일부일까. 저 강기공도 그렇고…… 11년이다.

자하신공과 구천무극창, 그 두 개의 무공에 매진한 것은 아닐 테지. 다른 무공을 익혀가며 빈자리를 보완했을 것이다.

위지호연의 손이 움직였다.

파앙!

그녀는 수십 다발의 강기를 손으로 흩뜨리며 자세를 낮추었다.

후욱!

위지호연의 몸이 가속했다. 그녀는 이성민의 코앞까지 와서 땅을 박차고 도약했다. 낮게 뛴 위지호연은 허공에서 몸을 비틀며 다리를 휘둘렀다.

이성민은 창을 휘두르는 대신에 보법을 밟았다. 일보무영이 수십 개의 잔상을 만들었다.

만들어낸 잔상 속에서 이성민은 일보무흔을 펼치며 위지호연의 등 뒤로 돌아갔다.

뛰어난 보법이다. 하지만 보법이라고 해서 공간이동은 아니다. 그저 빠르게 움직임으로서 눈을 왜곡하여 잔상을 만들고, '뛰어서' 등 뒤로 돌아가는 것뿐이다.

그를 파악하고 있는 이상 현혹되지 않는다. 휘둘렀던 위지호연의 발이 허공을 디뎠다. 위지호연은 허리를 비틀며 등 뒤에서 쏘아진 이성민의 창 위를 넘어갔다.

활짝 펼친 위지호연의 양손이 이성민을 향해 뻗어졌다. 끔찍한 힘을 내포한 천마신공이 장법이 되어 이성민을 향해 다가왔다.

비무라고는 하지만 공격 중 하나라도 제대로 적중당한다면 상대를 절명시킬 수 있다.

이성민도, 위지호연도. 그런 공격을 거듭하고 있었다. 하지만 그런 공격에 머뭇거림은 없었다.

서로를 믿고 있었다. 서로가 도달한 무공의 수준을 믿는다.

이성민은 왼손으로만 창을 잡았다. 이미 창은 쏘아냈고, 다시 회수하는 것은 느리다. 이성민의 오른손에 혈환신마공의 강기가 어렸다. 혈환파쇄.

정면으로 쏘아낸 강기가 위지호연의 장법과 충돌했다.

사방으로 강기의 파편이 튄다. 땅으로 떨어진 이성민은 망설이지 않고 앞으로 달려 나갔다.

쏘아낸 창이 낭창거리며 수십 개로 분영한다.

분뢰추살이다.

위지호연은 당황하지 않고 양손을 앞으로 뻗었다.

파바박!

손과 창이 충돌한다. 위지호연은 파고드는 창을 하나하나 걷어 내었다. 위지호연의 몸이 조금 뒤로 밀려났고, 이성민은 걸음을 이었다.

무영탈혼의 이보겁살과 혈환신마공의 혈잔겁화가 만난다. 크게 일어난 자색의 불꽃이 위지호연을 덮쳤다.

위지호연은 빠르게 뒤로 물러서면서 양손을 가슴 앞으로 모았다. 마주 본 손바닥의 사이에서 시커먼 구체가 만들어졌다. 느릿하게 던진 구체가 혈잔겁화와 만났다.

꽈아아앙!

커다란 폭발이 혈잔겁화를 통째로 집어삼켰다.

이성민은 덮쳐오는 강기의 폭풍을 보며 창을 앞으로 쭉 뻗었다. 창 주변의 공간이 일렁거린다. 공도.

이성민은 입술을 달싹거렸다.

구천무극창의 육초인 공도가 펼쳐졌다. 쭉 뻗은 창의 궤적대로 공간의 일렁거림이 번져 나갔다.

덮쳐오는 강기의 벽에 거대한 구멍이 만들어졌다.

이성민은 그 길을 달렸다.

위지호연은 강기를 꿰뚫고 오는 이성민을 보며 양손을 들어올렸다.

새빨간 강기가 그녀를 중심으로 휘몰아쳤다. 구천무극창의 공도. 저 초식도 알고 있다.

하지만 알고 있는 것과 직접 펼치는 것은 다르다. 위지호연은 자신이 창을 들고 구천무극창을 펼친다고 해도, 이성민의 창법을 따라 할 자신이 없었다.

'너는.'

파바박!

위지호연의 주변에 어려 있던 강기가 수백 개의 송곳이 되어 이성민을 덮쳤다.

이성민은 뒤지지 않고서 분뢰추살과 혈류추살을 펼쳤다.

위지호연의 송곳이 창에 격추되었다.

'강해졌어.'

위지호연은 뒤로 물러서지 않고 앞으로 걸어 나갔다.

그녀는 웃고 있었다. 이성민이 자신을 목표로 삼았음은 안다. 위지호연이 그렇게 만들었다.

동경으로, 이상으로. 과거의 일이다. 지금의 이성민은 위지호연과 동등한 위치에 서 있었다. 아니, 어쩌면 조금 더 앞선 곳에.

'좋은 기분은 아니야.'

하지만 즐거웠다. 지금 이렇게 이성민과 싸우고 있는 것이. 유일한 친구가, 자신과 같은 곳에서…… 자신보다 조금 먼 곳에 서게 된 것이. 이성민은 더욱 가까워져 있었다.

우웅-

위지호연의 주변에 들끓던 강기가 가라앉는다. 그것은 모조리 응축되어 위지호연의 몸을 얇게 덮었다.

위지호연의 두 눈이 번뜩거리며 빛났다.

지고 싶지 않다.

그런 기분이 강하게 들었다. 즐겁지만, 패배하고 싶지는 않았다.

이기고 싶다. 이겨야만 했다. 그래야 계속해서 이성민의 목표로 남을 수 있을 테니까. 동경되는 인물로, 이상적인 인물로 남고 싶었다.

계속해서 앞을 걷고, 그 뒤를 따라오는 이성민을 돌아보고 싶다.

뒤처지고 싶지 않았다.

위지호연의 공세가 바뀌었다.

강기공을 중심으로 힘으로 몰아붙이던 것이 이전의 공세였다면, 지금은 다르다.

가장 먼저 이성민이 '다름'을 인식했던 것은 위지호연의 속도였다. 감각을 초월한 속도. 이성민이 가진 육감으로도 위지호연의 움직임을 바로바로 좇을 수가 없다.

이성민은 창로를 억지로 비틀었다. 그래야만 했다.

꽈앙!

묵직한 일격이 창을 뒤흔들었다. 창을 잡은 양팔이 뒤로 밀려났다.

[슬슬 무리인데?]

허주가 중얼거렸다. 이성민도 그 말에는 공감했다. 그는 지금 순수하게 내공만을 사용하여 위지호연과 싸우고 있었다.

하지만 이 이상은 무리다. 헤이스트, 스트렝스. 이성민은 입술을 달싹거리며 마법의 시동어를 외었다.

이성민은 므쉬의 산에서 배운 이 기본적인 버프 마법들의 덕을 톡톡히 보고 있었다.

내공이 계속해서 소모되기는 하지만 딱히 의식할 필요도 없이 속도와 힘이 증가한다. 그것은 대등한 상대와의 싸움에서 큰 이점을 만든다.

위지호연은 자신의 속도를 따라오지 못했던 이성민의 움직임이 바뀐 것에 흠칫 놀랐다.

설마 이 정도의 힘을 숨기고 있을 것이라고는 생각하지 못했던 탓이다.

그래, 이전까지는 탐색전이라는 것이겠지. 어느 정도 힘을 숨기면서 살펴보았던 것은 위지호연도 똑같다.

'하지만, 이 정도라면.'

아니다.

헤이스트와 스트렝스를 쓰는 것으로 끝나지 않았다.

이성민은 요력을 끌어 올렸다. 호흡법을 통해 요력을 불러들인다. 요괴에 가까워진 육체는 요력을 끌어 올리기 시작하자 꿈틀거리며 요력에 반응했다.

검은 심장이 끝없을 정도로 많은 요력을 펌프질하면서 뛰었다. 근육에서 빠득거리는 소리가 났다. 요력이 사용되면서 육체가 본격적으로 요괴의 것으로 변모해 가는 것이다.

금색으로 물든 두 눈동자에 살벌한 빛이 켜졌다. 검존을 압도했던 힘이 이성민의 전신을 가득 채웠다.

'아.'

이성민에게서, 위지호연은 전혀 다른 것을 느꼈다. 방금까지의 이성민과는 다른. 이성민이 아닌, 전혀 다른 무언가를.

위지호연은 오싹하고 소름이 돋는 것을 느꼈다. 포악한 괴물이 아가리를 쩍 벌리고 자신의 앞에 서 있는 것만 같았다.

"호오."

반응한 것은 위지호연뿐만이 아니었다. 싸움을 지켜보던 사마련주 역시 눈을 반짝였다.

사마련주의 근처에 떠 있던 오슬라도 눈을 동그랗게 떴다.

"쟤. 인간이 아니라 드래곤이었어?"

오슬라가 물었다. 그 말에 사마련주는 헛웃음을 흘리며 머리를 가로저었다. 오슬라가 그렇게 오해할 법도 했다.

"아니면 반인반룡인가?"

"그건 아닐걸."

"저 인간. 버프 마법을 사용했잖아."

"저 정도 마법이라면 익히기 어려운 것도 아니고. 이계인은 성장 보정도 받는 데다가 스킬로써 학습도 쉬워."

"흐응…… 그래도 납득이 잘 안 돼. 어떻게 인간이 드래곤의 프레셔를 쓰는 거야?"

드래곤의 프레셔는 드래곤이라는 종족의 오만함과 강력함의 실체다.

종의 정점으로 불리는 드래곤은 존재만으로도 자신보다 하등한 존재들에게 강렬한 압박을 줄 수 있다.

완전하지는 않았지만, 지금의 이성민은 드래곤의 프레셔를 내뿜고 있었다. 이성민이 남궁세가에서 사용한, 의기상인이라고 생각했던 것에도 프레셔가 섞여 있었던 것이다.

"드래곤의 프레셔에 마법, 무공 거기에 요력까지."

사마련주가 헛웃음을 흘렸다.

"저렇게 잡다한 것들이 뒤섞여 있음에도 육체가 무너지지 않았다는 것이 대단하군."

"그래서 물어본 거야. 정말로 인간이냐고."

"인간이야."

"흐응……."

오슬라의 눈이 가늘어졌다. 사마련주는 오슬라를 힐긋 보았다.

"관심이 가나?"

"저런 인간은 처음 봐서 그래. 그리고…… 저 인간. 련주가 말한 것 외에도 꺼림칙한 것이 느껴져."

"어떤?"

"아주 불길한…… 그런 무언가가."

오슬라가 중얼거렸다. 그녀로서도 이성민에게 느껴지는 것이 무엇인지 알 수가 없어서 애매한 말을 할 수밖에 없었다.

아주 잠깐이나마.

소름이 돋았던 위지호연은 한 번 심호흡을 하는 것으로 그것을 떨쳐냈다.

그 즉시 그녀는 다시 한번 이성민에게 달려들었다. 이성민의 금색 눈동자가 움직였다.

빠아앙!

이성민이 창을 휘두르자 공기가 찢어지면서 요란한 소리를 냈다. 옆으로 파고들던 위지호연은 흠칫 놀라 손을 들었다.

충돌.

위지호연의 몸이 뒤로 날아갔다.

그녀는 상상 이상의 위력에 놀란 표정을 지었다.

하지만 날아가던 몸의 균형을 잡고서 허공에서 빙글 몸을 돌렸다. 그녀는 아무것도 없는 허공에 거꾸로 서서 이성민을 내려 보았다.

'위력이 달라졌어. 대체 뭐야?'

의혹이 가득했지만 대처하지 못할 것도 아니다.

고오오오-

위지호연의 몸에 둘러져 있던 응축된 호신강기의 위로 검은 안개가 떠돌았다.

어설픈 마음가짐으로 상대했다가는 반격도 하지 못하고 패배하게 될 것이다.

그것은 싫다. 패배하고 싶지 않으니까. 허공에서 거꾸로 섰던 위지호연은 천천히 아래로 떨어졌다.

처음 보는 무공이다. 하지만 본능이 경고했다. 이성민은 요력과 강기에 휘감긴 창을 위지호연에게 쏘아냈다.

거대한 힘이 위지호연을 덮쳤다. 검은 안개에 휘감긴 위지호연은 왼 손을 활짝 뻗어 덮쳐오는 힘과 마주했다.

그녀의 몸을 휘감고 있던 안개가 꽃이 되었다. 뭉쳐 봉오리가 되고, 만개한다. 강기의 꽃잎이 나부꼈다.

이성민이 쏘아낸 공격은 위지호연의 손짓이 만들어낸 꽃을 몇 송이 짓뭉갰을 뿐 더 이상 전진하지는 못했다.

"일 년 동안."

위지호연이 입을 열었다.

"저주에 걸려 몸은 움직일 수 없었지만, 그렇다고 해서 놀지만은 않았어. 명상하고, 생각했지. 어떻게 해야 더 강해질 수 있을까."

이 무공은 미완성이다.

"이 무공을 쓰는 상대는 네가 처음이야."

위지호연이 풋 웃었다.

"이번에도 네가 내 처음이 되는구나."

검은 꽃들이 피어났다.

수많은 꽃을 등에 업은 위지호연은, 이성민이 보았던 그 누구보다도 아름다웠다.

단순히 아름다운 것이 전부는 아니다. 저 꽃들. 보는 것만으로도 숨을 멎게 할 만큼 아름답지만, 모두가 강기의 결정이다.

이성민은 수많은 강기를 접해보았지만, 저렇게나 잘 조율되고 아름다운 강기공은 본 적이 없었다.

공간이 흔들리고 있었다. 위지호연이 만들어낸 강기의 꽃들이 조금씩 그 영역을 넓혀가고 있었다.

사마련주와 싸웠을 적에, 위지호연은 저 무공을 사용하지 않았다. 사용할 틈도 없었던 것일까. 아니, 미완성이었던 것이겠지. 사용할 수 없을 만큼.

'천재는 천재로군.'

사마련주는 피식거리며 웃었다. 그때의 패배가 영감이라도 준 것일까.

'이래서 천재가 싫어.'

키우는 재미도 없고 보는 재미도 없으니까.

사마련주는 위지호연에 대한 평가를 수정했다. 십초지적보다는 조금 더 높게. 저 무공, 강기공처럼 보이지만 초월지경에 도달한 깨달음의 정수가 담겨 있다.

공간에 간섭하여 공간 자체에 강기의 씨앗을 심고, 그것을 피워낸다.

[재미있는 수를 쓰는 계집이야.]

허주가 껄껄 웃었다.

위지호연이 다가오고 있었다.

이길 수 있을까.

그런 확신은 느끼지 못했다.

위지호연이 여태까지 살면서, 그런 확신을 느끼지 못한 상대는 한 명뿐이었다.

사마련주.

사마련주와 싸웠을 때에, 위지호연은 자신의 승리를 확신하지 못했다.

그녀와 동수를 이루었던 권존조차도 위지호연에게 그런 기분을 전해 주지는 못했다.

비록 마지막에 저주에 걸렸다고 하여도, 권존이 그런 불가해한 수법을 쓰지 않았더라면. 조금만 더 싸웠더라면 위지호연이 이길 수 있었을 것이다.

꽃무리 속에서 위지호연은 담담한 표정으로 이성민을 보았다.

너는 정말 강해졌구나. 위지호연은 이성민의 성취를 인정하고, 그것을 목도하여 즐거웠음에도 웃지는 못했다.

지고 싶지 않았다. 아직은, 아니, 앞으로도. 계속해서 이성민의 목표로, 동경으로, 이상으로 남고 싶었다.

그러기 위해서는 이겨야만 한다. 아주 작은 차이의 승리도 좋다. 지금의 싸움에서 이기고 싶다.

이렇게까지 강렬하게 승리를 바랐던 적이 있던가?

위지호연은 땅을 박찼다.

위지호연을 감싸고 있던 꽃 중 수십 송이가 터져 나갔다. 그것은 수백, 수천 개의 꽃잎이 되어 위지호연의 손짓과 함께 흩날렸다.

닿는 것만으로 죽음을 새기는 강기의 꽃잎이다.

이기고 싶다.

정말로?

이성민은 그런 애매한 기분을 느끼고 있었다. 사마련주가 했던 말에 분노했을 때와 마찬가지로.

지금, 위지호연에게 이긴다면 무언가가 변할 것만 같았다. 하지만 이것 하나는 확실했다. 위지호연은 지금 전력을 다하고 있다.

그런 위지호연을 상대로 전력을 다하지 않는다는 것은 그녀에 대한 기만이었다.

게다가 바라 마지않던 일 아닌가. 위지호연에게 모든 것을 보여주고 싶었다. 11년 전과 비교해서 내가 얼마나 성장했는지.

수백 장의 꽃잎이 이성민의 정면을 덮쳐왔다. 이성민이 쥔 창에 요력과 내공이 유입되었다.

콰르르!

이성민이 창을 들고, 앞으로 쏘았을 때. 아홉의 용이 입을 쩍 벌리고 꽃잎을 집어삼켰다.

콰아앙!

커다란 폭발과 함께 구룡살생이 흩어졌고 꽃잎이 비산했다.

위지호연은 조금의 주저도 없이 폭발을 맨몸으로 꿰뚫었다. 그녀의 몸을 휘감은 꽃들은 소름 끼치도록 아름다운 호신강기였으며, 그녀가 손을 앞으로 뻗었을 때.

수십 송이의 꽃들이 다시 폭발했다.

흩날리는 꽃잎들이 장력이 되어 다시 한번 이성민을 덮친다.

피하지 않았다. 이성민의 손안에서 창이 꿈틀거렸고, 한 번의 움직임으로 수백 개의 창영이 만들어졌다.

거기서 다시. 이성민은 발을 앞으로 끌면서 전진했다.

공간이 일렁거리고 분산하여 만들어진 창격에 초월지경의 심득이 실린다.

꽈아앙!

위지호연의 장력과 이성민의 창이 충돌했다. 오리하르콘으로 만들어진 창이 파르르 떨렸다.

몇 걸음을 더 걷는다. 무영탈혼의 삼보필살과 혈환신마공의 혈환광풍.

그리고 사보광란. 연계한 세 개의 무공이 주변을 완전히 장악했다. 위지호연은 덮쳐오는 포악한 강기에 맞서 양팔을 벌렸다. 수백 송이의 꽃봉오리가 연달아 피어났고 그것은 수만 개의 꽃잎으로 나뉘었다.

인간의 무공이 아니다. 저토록 위력적인 강기의 꽃잎을 쉼없이 만들어내다니. 끝없이 내공을 쌓아가는 천마신공의 장점이 여실히 드러났다. 폭풍과 꽃잎이 충돌하고 아무것도 남지 않았다.

쉭.

위지호연은 소리 없이 접근했다. 활짝 펼친 위지호연의 일장이 이성민을 향해 날아온다.

이성민은 창을 휘둘러 치며 위지호연의 손을 막으려 들었다. 위지호연의 손은 이성민이 그렇게 움직일 것임을 알고 있었다는 듯이 유연하게 휘어졌다.

창대 아래로 파고들어 온 위지호연의 손이 이성민의 가슴을 때리려 들었고, 이성민은 손바닥이 닿기 전에 발을 뒤로 쭉 끌었다.

다시 거리가 벌어진다. 창을 휘두르기에 충분할 거리가. 역방향으로 다시 휘두른 창이 위지호연을 때린다.

맞지 않는다. 그녀는 넘어지기 직전까지 자세를 무너뜨리고 낮췄다. 쾌속한 움직임은 언뜻 보기에는 관절이 존재하지 않는 것처럼 보였다. 이성민 역시 위지호연의 움직임을 쫓기 위해 창에 변화를 섞었다.

쫓고, 벌어지고. 근거리에서 그런 맹렬한 추격전이 벌어졌다.

쿠웅!

그 끝에 서로가 원하는 것을 얻었다. 위지호연의 일장은 이성민의 가슴을 때렸고, 이성민이 휘두른 창간은 위지호연의 어깨를 때렸다.

"큽!"

마갑을 뚫고 파고들어 온 장력에 이성민은 입안에서 피 맛을 느꼈다.

비틀거리며 밀려난 위지호연은 왼팔에서 찌릿한 격통을 느꼈다.

심한 내상은 아니었고, 위지호연 역시 뼈가 부러진 것은 아니었다. 누구 하나 앞선 이득을 얻지 못했다.

그렇다면 계속해서 싸울 뿐이다. 위지호연은 욱신거리는 왼팔로 주먹을 쥐어 휘둘렀다.

꽃봉오리가 다시 피어났다. 근거리에서 터진 꽃잎과 일권이 동시에 육박해 온다.

요력과 내공이 뒤엉킨 호신강기가 이성민의 몸을 집어삼켰다. 피하는 것보다는 버티는 것을 택한 것이다.

주먹에 맞서는 이성민의 창이 아래로 떨어졌고, 위로 솟구쳐 올랐다.

복사백탐, 위지호연은 그 창로를 이미 알고 있었다.

'아냐.'

자연스레 대응하려 할 때. 위지호연의 눈이 크게 뜨였다. 창로가 비틀린다.

이어져서는 안 될 창로가 이어진다. 불가능한 일이었다. 초식이 다르다. 동작이 다르다. 그런데 어떻게?

인간이라면 불가능해도 이성민이라면 가능했다. 창을 잡은 팔이, 움직이는 몸이 불가능한 움직임을 이어가며 관절이 박살 나고 근육이 찢어졌지만. '그런 종류'의 통증에 이성민은 익숙했다.

부러진 양팔을 억지로 움직인다.

관절도, 근육도. 엘릭서나 포션을 사용한 것도 아닌데 즉시 치유가 되었다.

그렇게 휘두른 창이 위지호연의 배를 찌르려 들었다. 복사백탐의 창로를 알고 있던 위지호연은 그보다 위쪽을 경계하고 있었기에, 아래쪽은 텅 비었다.

위지호연은 급히 허리를 뒤로 젖혀 창을 피했다. 완전히 피하지는 못했다.

호신강기가 찢겨지고 가슴의 옷도 함께 찢어졌다. 위지호연은 뒷걸음질 치면서 세차게 손을 휘둘렀다.

붕대를 감은 가슴이 보였지만 위지호연은 신경 쓰지 않았고, 이성민도 그를 의식하지는 않았다. 이성민이 보고 있는 것은 위지호연이 휘두른 손이었다.

공간이 일렁거리고 있다. '이번'에는 호신강기로 버티는 것이 불가능하다.

위지호연의 손이 쭉 뻗어졌을 때 일렁거림이 번져 나간다. 이성민은 급히 몸을 뒤로 빼냈다.

"……후욱!"

위지호연이 숨을 내뱉었다. 또다시 수백 송이의 꽃이 피어나고, 저물고, 흩날렸다.

이성민은 휘몰아치는 꽃잎 속에서 공간의 일렁거림을 보았다. 화려함 속에 막을 수 없는 죽음이 깃들어 있었다.

이성민은 발을 뒤로 쭉 끌면서 거리를 벌렸고, 창을 아래로 내린 뒤에 내공과 요력을 유입시켰다.

길쭉한 창대를 타고 내공과 요력이 엉키고 소용돌이쳤다.

충분한 시간과 힘이 들어가지는 않았지만, 그 정도로도 관천은 위력적이다.

우선 한 번 쏘아낸 관천이 꽃잎과 부딪혔고, 이성민은 몇 걸음 더 뒤로 물러서면서 다시 한번 관천을 쏘아냈다.

조금의 시간 차를 두고 쏜 두 발의 관천이 꽃잎을 모조리 저물게 만들었다.

위지호연은 호흡이 거칠어져 감을 느끼고 있었다. 머리가 조금 어지러웠고, 손발의 감각이 조금 무뎌진 것 같다.

아직 완성되지 않은 무공을 남발하고 있었고, 초월지경의 심득도 계속해서 사용하고 있었다.

우위를 점할 수가 없다.

조금씩 지쳐가는 위지호연과는 다르게 이성민은 지치지 않는다.

내공과 요력은 마르지 않고 있었고, 요괴의 육체는 어지간한 상처를 즉시 치료한다.

쩌엉!

이성민이 찌른 창에 위지호연의 몸이 뒤로 쭉 밀려났다. 방어로 돌렸던 꽃들은 피어나지 못하고 그대로 터져 사라졌다.

위지호연은 숨을 몰아쉬면서 손을 앞으로 뻗었다. 조금 느려진 것. 그것은 이성민이 파고들 충분한 틈이 되었다.

따악!

짧게 휘둘러 친 창이 위지호연의 손을 옆으로 쳐낸다. 그렇게 옆으로 휘두르고, 올려친 창준이 위지호연의 배를 때렸다.

"크읍!"

위지호연은 숨을 삼켰다.

그녀는 몇 걸음 뒤로 물러섰고, 이성민은 앞으로 나섰다. 꽃들은 더 이상 피어나지 않았다.

파바박!

수십 개로 분영한 창이 위지호연의 몸을 노렸다. 위지호연은 눈가를 찌푸리며 하나 남은 손으로 창들을 밀쳐냈다.

비틀거리며 물러서는 걸음, 위지호연은 이대로 가다가는 자신이 패할 것임을 알았다.

'아.'

이대로 갈 것도 없었다.

위지호연의 코앞에서 멈춘 것은 예리하게 날이 선 창두였다.

조금만 더 앞으로 나왔더라면, 저 날카로운 창끝이 위지호연의 머리를 관통했을 것이다.

"끝이군."

사마련주가 중얼거렸다.

이성민은 위지호연의 코앞에 창을 멈춘 채로 아무런 말도 하지 않았다. 위지호연은 그런 이성민을 보고서 피식 웃었다.

"왜 그러고 있어?"

이성민은 대답하지 않았다. 피어나지 못했던 꽃봉오리들이 사라진다.

위지호연은 아까의 공격에 찢어진 가슴 앞섬을 손으로 여몄다.

"네가 이겼잖아. 기쁘지 않아?"

모르겠다.

이성민은 천천히 창을 아래로 내렸다. 언젠가 이렇게 되는 것을 마음 깊은 곳에서 바라고 있었다.

언젠가, 위지호연과 다시 만나서. 어린 시절에 약속했던 것처럼 싸우는 것을. 어쩌면 이길지도 모른다, 그런 생각도 했었지만 승리에 대한 생각보다는 패배에 대한 생각을 더 많이 했었다.

그것이 이성민에게 당연한 일이었기 때문이다. 이성민은 위지호연과 비교할 때에 타고난 재능이 하찮았고, 모든 면이 위지호연에 비해서 부족했다.

그렇기에 지금의 결과가 좀처럼 받아들여지지 않았다.

"내가 진 거야."

패배했음에도.

위지호연은 오히려 후련한 기분이었다. 지고 싶지 않다. 몇 번이나 거듭해서 그렇게 생각했는데, 결국 져버렸다.

무엇이 부족했던 것일까? 아니, 지금은 패배의 이유에 대해 복기할 때가 아니다. 위지호연은 피식 웃으면서 이성민을 보았다.

"너, 엄청 강해졌구나."

위지호연은 담담한 어조로 그렇게 말했다. 이성민은 머뭇거리며 머리를 끄덕거렸다.

위지호연은 이성민의 표정을 보면서 웃음을 터뜨렸다.

"표정이 왜 그래? 누가 보면 네가 진 것인 줄 알겠어."

"……네가 저주에 걸려 있지 않았더라면."

이성민은 간신히 입을 열었다.

"그랬더라면, 너는 지금보다 더욱 강해졌겠지."

"맞아."

당연한 말을 하지 마. 위지호연은 그렇게 덧붙이면서 이성민의 어깨를 툭 쳤다.

"지금 한 번 진 것뿐이야. 11년 전에, 너와 헤어졌을 때에는 내가 이겼었지. 그리고 오늘은 네가 이겼어. 1:1이지?"

"응."

"다음에는 결과가 다를 거야. 솔직히…… 너와 싸우면서. 나는 계속 생각했어. 지고 싶지 않다고."

위지호연은 두 눈을 감았다.

"만약 네가 이겨버린다면, 너에게 있어서 내 존재의 의미가 조금 퇴색될 것 같았거든."

"무슨 말이야?"

"너는 나를 목표로 삼았었잖아."

위지호연이 감았던 눈을 떴다.

"나는 너한테 계속해서 목표로 남고 싶었어. 닿을 듯 말 듯하면서, 끝까지 손에 닿지 않는. 하지만…… 결국 닿아버렸군."

"그게 싫어?"

"싫어."

위지호연이 웃음을 터뜨렸다.

"그래서 도망가야겠어. 다시, 네 손이 닿지 않는 곳까지 말이야. 나는…… 너한테 계속해서 목표로 남고 싶거든."

모순이라고. 위지호연은 마음속으로 생각했다.

그녀는 지금 자신이 내뱉고 있는 말과 마음 깊은 곳에서 느끼고 있는 감정이 전혀 다르다는 것을 자각했다.

하지만 그녀는 속내를 솔직하게 털어놓고 싶지 않았다.

'난 어설퍼.'

타인과 대화하는 것도. 감정을 솔직하게 말하는 것도. 위지호연은 이성민의 얼굴을 물끄러미 보았다.

그녀에게 있어서 이성민은 많은 의미를 가진 대상이었다.

처음으로 사귄 친구.

그 후로 에리아에서 위지호연은 수많은 만남을 가졌다. 그녀를 추종하는 무리가 위지호연의 곁에 모였던 적도 있다.

그 모든 것이 귀찮고 덧없다고 여겨왔다. 그들이 자신에게 바라는 것들이 짜증스러웠다.

"조금 쉬어야겠어."

위지호연은 이성민을 향해 말했다.

"생각하고 싶은 것도 많고. 너와 싸운 덕에…… 새로 만든 무공의 부족함을 알게 되었거든. 당분간은 그것을 보완하는 것에 중점을 두고 싶어."

위지호연은 그렇게 말하며 몸을 돌렸다. 이성민이 뭐라고 말을 할 때에, 사마련주가 이성민의 앞을 가로막았다.

"가게 둬라."

사마련주가 심드렁한 얼굴로 말했다.

"자존심이 강한 꼬마니까. 혼자 생각할 시간도 필요하지 않겠느냐."

"다 들려."

"들으라고 한 말이다."

위지호연이 내뱉은 말에 사마련주가 피식 웃으며 답했다. 위지호연은 사마련주를 한 번 노려보았다.

공간이 일렁거리더니 다시 숲이 되었다. 위지호연은 땅을 박차고 숲속으로 사라졌다.

4장
사마련주

"잘 싸우더군."

사마련주가 이성민을 보며 말했다.

"암존과 싸울 적에 보았을 때에도 요마의 힘을 괜찮게 다뤘다만, 이제는 그 수준을 아득히 넘어섰어. 마치 요마가 싸우는 것을 보는 것만 같았다."

이성민은 싸움 도중에 무리한 동작으로 부러졌던 양팔을 내려 보았다. 통증은 없다. 싸우는 도중에 완전히 치유된 탓이다.

"네 녀석의 불가해한 몸뚱이도 흥미롭지만. 사용하는 기운도 흥미로워. 네 녀석에게 거대한 요마가 깃들어 있음은 본좌도 이미 알고 있다."

[티가 많이 나는 모양이군.]

허주가 투덜거렸다.

"요마의 힘과 내공이 그토록 잘 조율되는 것이 가능한 줄도 몰랐지만. 그 외에도 뭔가가 있어."

"무슨 말입니까?"

"드래곤."

사마련주가 말했다.

"의식하고 쓰는 것인지는 모르겠다만. 너는 드래곤의 프레셔를 사용하고 있다. 알고 있나?"

"드래곤의…… 뭐요?"

"프레셔."

사마련주가 심드렁한 얼굴로 말했다.

"꼬마. 네가 본격적으로 내공과 요력을 끌어낼 때, 그것에 드래곤의 프레셔가 섞여 나온단 말이다. 너보다 약한 놈은 말할 것도 없고, 어느 정도 너보다 우위에 선 놈이라 해도 그것에 압박감을 느끼게 될 거야. 소천마, 그 계집도 순간 위압되었고."

그 말에 이성민은 남궁세가에서의 일을 떠올렸다.

이성민이 본격적으로 힘을 냈을 때, 이성민과 맞서기 위해 나섰던 남궁세가의 무사들은 제대로 덤비지도 못하고 내상을 입어 피를 토하거나 주저앉았었다.

"……의기상인 아니었습니까?"

"헛소리를 하는군."

사마련주가 실소를 흘렸다.

"기운만으로 내상을 입히는 것이 가능할 것 같나? 물론 본좌 정도의 위인이라면 가능이야 하지. 하지만 네 정도 수준에는 턱도 없는 일이다."

그렇게 무시당할 정도의 경지는 아닌 것 같은데.

이성민은 떨떠름한 얼굴로 사마련주를 응시했다.

"말이 의기상인이지, 기운만으로 내상을 입히는 것은 네 수준에서는 불가능해. 네가 의기상인이라고 생각했던 것이 드래곤의 프레셔란 말이다."

이성민은 멍한 표정으로 머리를 끄덕거렸다. 어쨌든. 사마련주가 뒷짐을 지고 섰다.

"기분이 어떠냐?"

"……무슨 말입니까?"

"목표로, 동경으로, 이상으로 삼았던 상대를 쓰러뜨리지 않았느냐. 뭔가 성취감 같은 것은 들지 않나?"

성취감. 이성민은 그 말을 입안에서 곱씹었다. 솔직히 잘 모르겠다. 아직 제대로 된 실감이 나지 않고 있었다.

사마련주는 이성민의 얼굴을 보면서 헛웃음을 흘렸다.

"그럴 줄 알았다. 너는 소천마에게 너무 맹목적이야. 세상은 넓고, 소천마 이상 가는 고수는 얼마든지 있다."

"뭔 상관입니까."

"하긴, 본좌가 신경 쓸 바는 아니로군. 그래서…… 어떠냐?"

"뭐가 말입니까?"

"본좌의 제자가 되는 것."

사마련주가 빙그레 웃으면서 물었다.

"네가 소천마와 싸워 보았으니 잘 알 것이다. 소천마가 강하다는 것을 말이야. 본좌는 그 소천마를 십초지적으로 삼을 수 있다."

"……당신은 발악하는 범재를 좋아한다고 했습니다."

이성민은 한숨을 쉬며 입을 열었다.

"이 세상에 발악하는 범재는 얼마든지 있을 겁니다."

"그렇다고 개나 소나 제자로 삼을 수는 없는 노릇 아니냐. 어느 정도 자격이 있고, 경지에 오른 놈을 제자로 삼아야지."

"그게 나라는 겁니까?"

"그리고 네 상황도."

가면 너머에서 사마련주의 눈동자가 빙그레 휘어졌다.

"너는 무림맹과 척을 지고 있고, 천외천의 권존과 검존을 죽이면서 천외천의 적이 되었다. 네가 아무리 초월지경의 고수라고 하여도 무림맹과 천외천 둘을 상대로 혼자서 살아남기는 힘들 것이다."

"보호해 줄 테니 제자로 들어오라는 겁니까?"

"무림맹은 천외천과 연결되어 있다. 그건 알고 있나?"

이성민은 머리를 끄덕거렸다.

"무림맹주인 흑룡협이 천외천과 연결되어 있다는 것은 알고 있습니다."

"호오. 그것까지 아는가. 그래, 그것이 무슨 의미인지는 알고 있나?"

"……뭔가 다른 의미가 있다는 겁니까?"

"무림맹은 오래된, 아주 거대한 단체다."

사마련주가 천천히 말을 이었다.

"단순히 정파 무림의 집단이 아니라는 것이지. 무림맹은 다양한 세력과 연관되어 있다. 이 세계의 귀족들, 상인들, 마법사들, 길드들. 그들은 오랜 시간 교류해 오면서 신뢰를 쌓았다."

사마련주가 웃음을 흘렸다.

"네가 무림맹의 적이 된 것. 계기는 철갑신창을 죽인 것이었지. 그 후에는 네가 제갈태령과 모용서진을 죽인 것이 네 악명을 부풀렸고 말이야."

"……철갑신창을 죽인 것은 그가 나에게 죽고자 했기 때문이었고, 제갈태령과 모용서진은 내가 죽이지 않았습니다."

"그래? 그렇다고 해서 달라지는 것은 없다. 너는 혼자고 무림맹은 집단이니까. 그들이 네가 했다고 말한다면, 너로서는 그것을 뒤집을 수가 없어. 너 혼자서 아니라고, 억울하다고 떠들어 봐야 누가 네 말에 귀를 기울여 주겠느냐?"

이성민은 반론하지 못하고 입을 다물었다. 사마련주는 침묵하는 이성민을 보며 큭큭거리며 웃었다.

"무림맹은 아직 적극적으로 움직이고 있지 않아. 물론, 네 힘이라면 무림맹의 무인 중에서 적수가 거의 없을 것이다. 구파일방이나 명문세가라고 해봐야 너 혼자서 일문을 초토화시키는 것이 가능할 테니까."

그것은 남궁세가에서 확인했었다. 하지만. 사마련주가 머리를 가로저었다.

"무당은 무리다."

"무당?"

"무당에는 검선 늙은이가 있으니까."

"……검선이 그렇게 강합니까?"

"네가 검선에게 덤빈다면 십초 안에 목이 베일 거다."

사마련주가 껄껄 웃었다.

"지난번에도 했던 말이지만. 본좌는 이 세상에서 셋 외에는 껄끄럽게 생각하지 않는다. 무당의 검선, 천외천의 무신, 프레데터의 학살포식. 그 중 학살포식은 현존하는 놈이 아니니까 사실상 둘 빼고는 본좌의 적수가 없어. 마법 쪽은 본좌가 잘 모르니까 애초에 염두에 두고 있지 않고."

오만하기 짝이 없는 말이었지만 그 말을 하는 것이 사마련의 정점에 선 사마련주다. 그럴 만한 자격이 있는 인물이 하는 말이다.

"이유는 모르겠지만 무림맹은 너를 아직 진심으로 죽이겠다고 움직이지 않고 있다. 무림맹이 진심으로 너를 죽이려 들었더라면 너는 굉장히 곤란한 처지에 놓였을 것이다."

"그들이 왜 나를 진심으로 안 죽이려는 겁니까?"

"그걸 본좌가 어떻게 아느냐? 어쨌든, 본좌의 제자가 된다면 무림맹이나 천외천과의 시비는 크게 신경 쓰지 않아도 된다. 애초에 놈들이 너를 마인으로 낙인 찍었는데 마인답게 사마련에 드는 것이 가장 괜찮은 방법 아니겠느냐."

"프레데터."

이성민은 사마련주의 얼굴을 물끄러미 보면서 말했다.

"프레데터에 들어가는 것도 방법 중 하나는 되지 않겠습니까?"

"스스로를 인간이라 말하면서 인외의 무리에 몸을 담겠다고? 하하! 하기는, 그것도 방법 중 하나는 되겠구나. 네 실력이라면 프레데터의 늙은 괴물들과 같은 위치에 설 수 있을 테니까. 네가 그러고 싶다면 말이다."

사마련주가 웃음을 터뜨리며 말했고, 이성민은 짧은 한숨을 내쉬었다.

이성민은 프레데터에 들어가고 싶지 않았다.

애초에 이성민에게 선택지는 없었다. 이성민이 레그로 숲에 온 것은 위지호연과의 재회를 위해서이기도 했지만, 무림맹과 천외천의 적이 된 것에 사마련주의 도움을 받기 위해서이기도 했다.

그냥 단순하게 사마련에 가입할 생각이었지만, 사마련주의 제자가 된다면 그 이상 좋은 조건은 없을 것이다.

"당신에게 다른 제자는 없습니까?"

"없다."

사마련주가 즉답했다.

"오늘날까지 본좌는 단 한 번도 제자를 들인 적이 없다. 자식도 낳은 적이 없어."

"……자식도 없다는 겁니까?"

"낳을 필요를 느끼지 못했다. 그럴 기분도 느끼지 않았고."

[저 새끼, 동정 아닐까?]

사마련주의 말을 듣고 있던 허주가 중얼거렸다.

"……알겠습니다."

이성민은 마음을 먹고 머리를 끄덕거렸다.

"당신의 제자가 되겠습니다."

생각해 보면, 이렇게 정식으로 다른 누군가의 제자가 되는 것은 처음이었다.

위지호연에게 많은 무공을 익히기는 했지만 그녀와 사승관계를 맺지는 않았다. 백소고에게 무영탈혼을 배웠을 때에도 사제관계가 되었을 뿐이다.

광천마에게서 혈환신마공을 배웠을 때에도 사승관계를 맺지 않았다.

"그래."

사마련주가 머리를 끄덕거렸다.

이성민은 사마련주의 말을 기다리며 우두커니 서 있었고, 사마련주는 그런 이성민을 보며 가면 너머로 눈을 찌푸렸다.

"……끝입니까?"

"뭔가 해야 하나?"

"그, 제자가 되면 구배지례라던가…… 그런 것을 하지 않습니까?"

"굳이 할 필요는 없는데. 해보고 싶으냐?"

사마련주가 삐딱하니 서서 물었다.

그 질문에 이성민은 떨떠름한 표정을 지으며 머리를 가로저었다.

해본 적은 없지만, 그렇다고 해보고 싶은 것도 아니었다. 사마련주는 이성민을 보면서 말했다.

"네가 익힌 무공에 대해 말해봐라."

"전부 말입니까?"

"전부."

이성민은 잠깐 주저하기는 했지만, 결국 사마련주에게 익힌 무공들에 대해 알려 주었다.

자하신공, 구천무극창, 무영탈혼, 혈환신마공. 그 모든 무공을 듣고서 사마련주가 다시 말했다.

"무공서는 없나?"

"……있기야 합니다만."

"줘봐라."

이성민은 아공간 포켓을 열었다. 위지호연에게 받았던 자하신공과 구천무극창의 무공서는 아공간 포켓 깊은 곳에 넣어두고 다니고 있었고, 무영탈혼과 혈환신마공의 무공서도 가지고 있었다.

사마련주는 네 권의 무공서를 받고서 그 자리에서 서서 쭉 훑어보았다.

"우선 심법을 뜯어고쳐야겠다."

"예?"

"자하신공. 좋은 무공이기는 하지만 본좌의 심법이 더 뛰어나다. 그리고 본좌의 무공을 익히기 위해서는 본좌의 심법을 익혀야만 해."

"그렇다면 자하신공의 성취를 포기해야만 하는 것 아닙니까?"

"그래서 말하지 않았느냐. 뜯어고쳐야겠다고. 자하신공을 버리지 않는 선에서 본좌의 심공을 추가할 것이니 문제는 없다."

사마련주는 그렇게 말하고서 구천무극창의 무공서를 펼쳤다.

"성민식은 또 뭐냐?"

"……그 창법은 위지호연이 저를 위해 만들어준 창법입니다. 기존의 구천무극창이라는 무공을 뜯어고쳐서……."

"천재는 천재인 모양이군. 이걸 언제 만들었지?"

"11년 전에."

"역시."

사마련주가 피식 웃었다.

"잘 만들기는 했지만 조금 부족해. 이것도 본좌가 보완해 주도록 하마."

"창법을 말입니까?"

"본좌는 창을 쓰지는 않는다만, 이 창법에 본좌의 무공을 섞는 것 정도는 가능하다."

"그것으로 충분한 겁니까?"

"네 재능이 대단하지 않다는 것은 너도 알고 있을 터다. 네가 기존에 익힌 모든 무공을 버리고 본좌의 무공을 익힌다면, 그것이 경지에 오르기까지 얼마나 오랜 시간이 흐르겠느냐."

무영탈혼의 무공서가 펼쳐졌다.

"이건 꽤나 흥미로운 보법이로군. 이형환위를 기본으로 깔고서 변화가 다양해. 게다가 강기공까지 접목시켰군."

사마련주의 입꼬리가 빙그레 말려 올라갔다.

"본좌의 무공에는 이 보법이 잘 맞겠어."

그다음으로 펼쳐진 것은 혈환신마공이었다.

"이건 따로 건드릴 것이 없겠군. 훌륭한 강기공이다. 네가 본좌의 심법을 익힌다면 이 강기공을 통해 위력을 보일 수 있겠지."

"당신의 무공은 무엇입니까?"

"너, 언제까지 본좌를 그렇게 부를 생각이냐?"

이성민의 질문에 사마련주가 가면 너머로 눈을 흘겼다.

"일단은 사승 관계를 맺지 않았느냐?"

"……스승님의 무공은 무엇입니까?"

"흑뢰번천(黑雷翻天)."

사마련주가 대답했다.

"본좌의 무공은 모두 흑뢰번천에 기인하고 있지."

사마련주가 천천히 발을 들어 올렸다.

"잘 봐라. 놓치지 말고."

그렇게 말하고서, 사마련주의 발이 땅에 닿았다.

파직!

검은 전류가 튀었다. 사마련주의 모습이 이성민의 눈앞에서 사라졌다. 이전에 느낀 대로였다.

저것은 고속이동 따위가 아니었다. 잔상조차 남지 않는다. 사마련주는 그 공간에서 아예 사라져 버렸다.

"흑뢰번천의 질풍신뢰(疾風迅雷). 초월지경에 들어서야 그나마 흉내라도 낼 수 있는 경신법이지. 마법사 놈들이 사용하는 공간도약과 비슷하다만, 이쪽이 더 뛰어나다. 언젠가 기회가 된다면 비교해 봐라."

"저도 쓸 수 있는 겁니까?"

"배운다면 쓸 수 있겠지."

사마련주는 네 권의 무공서를 품 안에 집어넣었다.

"당분간은 숲에서 놀고 있어라. 본좌는 이 무공서들을 뜯어보고 있을 테니까."

"놀고 있으라고요?"

"요정들이랑 놀아주면 시간이 꽤 잘 갈 거다."

사마련주의 발이 위로 들렸다.

"혹시나 해서 말해두는데, 요정이 장난을 친다고 해도 요정을 해하지는 마라. 그렇게 된다면 본좌가 먼저 너를 죽일 테니까."

검은 전류가 튀어 오르고, 사마련주의 모습이 사라졌다.

사마련주가 사라진 뒤에, 아직까지 남아 있던 오슬라가 이성민에게 다가왔다. 이성민은 훅 하고 다가온 오슬라의 존재감에 흠칫 놀라 몇 걸음 뒤로 물러섰다.

고작해야 열댓 살 소녀의 모습을 한 요정의 여왕은, 화려한 나비의 날개를 등 뒤에 활짝 펼치고서 이성민과 같은 눈높이에 섰다.

"……흐응."

오슬라의 눈이 가늘어졌다. 그녀는 반짝거리는 눈동자로 이성민을 응시했다.

모든 것을 꿰뚫어 보는 듯한 눈동자에 이성민은 자신도 모르게 긴장하여 꿀꺽 마른 침을 삼켰다.

한참 동안 묘한 미소를 지으며 이성민을 보던 오슬라가 입을 열었다.

"작은 부탁을 하나 하고 싶은데. 괜찮을까?"

"무슨 부탁 말입니까?"

"너를 만져보고 싶어."

뜬금없는 부탁에 이성민의 눈이 동그랗게 떠졌다. 물론, 이성민은 오슬라의 말을 오해하지는 않았다. 단지, 그는 머뭇거리다가 그 이유를 물었다.

"호기심이야."

오슬라가 시원스러운 목소리로 대답했다.

"너라는 인간이 꽤나 흥미로워. 련주도 흥미로웠지만, 너는 뭐랄까…… 련주와는 아주 다르거든. 다양한 것들이 뒤섞였는데도 제법 조화를 잘 이루고 있고, 죽지도 않았고. 사실 드래곤의 프레셔를 사용하는 인간이 흔한 것은 아니잖아? 나는 아주 오랜 세월을 살아왔지만, 드래곤과 반인반룡을 제외하고서는 드래곤의 프레셔를 사용하는 인간을 본 적이 없어."

오슬라가 조금 더 가까이 다가왔다.

"그리고 그것 외에도, 너에게는 뭔가…… 꺼림칙한 것이 느껴지거든."

"……꺼림칙한 것?"

오슬라의 말에, 이성민은 여태까지 다양한 존재들이 언급했던 '종언의 사도'를 떠올렸다. 이성민은 침착함을 되찾고서 오슬라에게 질문했다.

"나도 궁금한 것이 있습니다."

"뭔데?"

"당신…… 그러니까, 요정의 여왕. 당신'들'은 신과 같은 존재인 겁니까?"

"말이 조금 이상하네. 당신들?"

"……예전에 정령의 여왕을 만난 적이 있습니다."

이성민의 대답에 오슬라의 표정이 굳었다. 그녀는 가늘게 떴던 눈을 크게 뜨고서 이성민을 정면으로 바라보았다.

"……정령의 여왕을? 너, 설마 정령계에 갔던 거야?"

"아닙니다."

"그런데 어떻게 정령의 여왕을 만났다는 거야? 그녀는 이 세상에 존재하지 않아. 존재해서는 안 돼."

오슬라가 그것을 단언했다. 그렇다고 해서 이성민이 정령의 여왕을 만났던 것이 사실이 아니게 되는 것은 아니다. 이성민은 머리를 가로저으며 오슬라의 말을 부정했다.

"나는 틀림없이, 정령의 여왕을 이 세계에서 만났었습니다."

"……말도 안 돼."

오슬라가 믿을 수 없다는 얼굴로 중얼거렸다.

"그녀가 이 세상에 현현했다고? 맙소사, 그건 계약 위반이야……!"

"계약?"

"네가 알 필요는 없는 이야기야. 그 여자, 대체 무슨 생각인 거야……?!"

오슬라가 미간을 찡그리면서 투덜거린다. 그러던 오슬라는 앗, 하는 소리를 내고서 이성민을 보았다.

"신…… 과 우리는 조금 다르지. 아주 다르다고는 말하지 못하겠지만. 분야가 다르다고 해야 할까, 추구하는 것이 다르다고 해야 할까…… 옳고 그름을 따지는 것은 아니지만, 신과 우리는 추구하는 것이 달라. 너 같은 인간이 이해할 필요는 없는 이야기지만. 어쨌든."

오슬라는 천천히 손을 들어 올리더니 이성민의 얼굴 앞에서 활짝 펼쳐 보였다.

"너를 만져보고 싶은데. 괜찮겠지?"

"상관은 없습니다. 나한테 뭔가 문제가 생기는 것이 아니라면요.”

“내가 너를 해하고 싶었다면 이런 식으로 허락을 구할 필요도 없어. 해할 생각이 없으니까, 너에게 허락을 구하는 거야.”

오슬라는 투덜거리면서 펼친 손을 뻗어 이성민의 어깨를 붙잡았다. 아무런 일도 일어나지 않았고, 어떠한 느낌이 오는 것도 아니었다. 오슬라의 눈이 다시 가늘어졌다.

“……엄청난 괴물과 이어져 있구나. 수백 년 전에 남쪽에서 대요괴 하나가 죽었었지. 저런 괴물도 죽는 것이 가능할까 싶었는데 죽어버렸었어. 여러 가지로 꺼림칙한 죽음이었는데, 그 죽음이 너에게로 이어졌구나.”

다르다.

오슬라는 내심 그렇게 생각했다. 그녀가 느꼈던 불길함은 이성민과 심령으로 연결된 허주에게 풍겼던 것이 아니다.

이보다 더 깊은 곳에…… 오슬라는 눈을 감았다. 그녀가 등 뒤에 펼쳤던 날개가 파르스름한 빛을 내었다.

더 깊이.

오슬라는 이성민의 깊은 곳까지 파고들어 갔다.

이성민이 인지조차 못 하는 무의식이 오슬라를 받아들인다.

어느새 이성민은 의식의 끈을 천천히 놓아가고 있었고, 오슬라의 주변에는 날개에서 흘러나온 빛의 파편이 반딧불이의 빛처럼 떠돌았다.

"……읏!"

한참 동안 이성민의 무의식을 떠돌던 오슬라는, 자신을 밀어내는 알 수 없는 힘에 의해 뒤로 튕겨 나갔다.

흐릿해졌던 의식이 돌아온다. 이성민은 헉하고 숨을 삼키면서, 주저앉을 뻔한 몸을 간신히 지탱했다.

"무슨 짓을 한 겁니까?!"

이성민은 뒤편으로 날아간 오슬라를 향해 외쳤다. 간신히 날개를 펼쳐 땅에 뒹구는 추태를 보이지 않은 오슬라는, 무언가에 홀린 것 같은 얼굴로 이성민을 보았다.

"……그렇군."

잠깐 동안 이성민을 보던 오슬라가 머리를 끄덕거렸다.

"너무 오랜 시간이 흘렀어. 그래서…… 나도 모르게 잊고 있었구나. 아니면 생각하고 싶지 않았던 것인지……."

"그건 또 무슨 말입니까?"

"너는 안쓰러운 존재야."

오슬라가 한숨을 쉬며 중얼거렸다.

"너에게 많은 말을 해줄 수 없다는 것이 안타까울 뿐이야. 하지만…… 그래도, 이 정도는 말해줘도 괜찮을 것이라고 생각해."

"빌어먹을."

이성민은 욕설을 내뱉으며 바닥을 발로 걷어찼다. 이런 뜬구름 잡는 선문답이 이제는 익숙했다.

"충실하도록 해."

"무슨 말입니까?"

"매일을 말이야. 매일을 충실하게 살도록 해. 나중에…… 후회하지 않도록."

오슬라는 씁쓸한 표정을 지으며 이성민을 보았다. 여태까지 이성민은 자신의 존재를 꿰뚫어 본 이들을 만나 오면서, 몇 번이나 이해할 수 없는 말들을 들어왔다.

하지만 저런 표정을 짓는 것은 오슬라가 처음이었다.

이성민은 잠깐 동안 입을 다물고서 오슬라를 노려보았다. 그는 본능적으로 알았다.

요정의 여왕. 그녀는 여태까지 이성민이 만났던 존재들이 알지 못하는 무언가를 알고 있음을.

"……나는 당신의 말을 이해할 수 없습니다."

"그렇겠지."

오슬라가 천천히 머리를 끄덕거렸다.

"네가 혼란스러워하는 것은 알아. 하지만 나는 너에게 그 무엇도 대답해 줄 수가 없어."

"종언의 사도 때문에?"

이성민이 내뱉었다.

"그 뭔지도 모를 놈이 당신을 위협하니까? 나는 여태까지, 이런 말을 몇 번이나 들어왔습니다. 나에게 이런 말을 해준 이들 중 누구 하나도 제대로 된 말을 해주지 않았지요. 잊을 법 하면 튀어나와서 나한테 항상 이런 말을 하고, 나를 혼란스럽게 만들어요. 마치 당신들끼리 짜고 치는 것처럼!"

"……어쩔 수 없어."

이성민이 격한 반응을 보였지만 오슬라는 그 무례를 묻지는 않았다.

단지, 어쩔 수 없다는 말만을 되풀이할 뿐이었다.

"이건 오래전의 약속이야. 이 세상이 존재하면서부터 있던 약속. 나도 그렇고, 신들도 그렇지만…… 우리는 이 약속에서 벗어날 수 없어."

공기가 싸늘해지기 시작했다. 이성민은 목덜미 뒤에서 알 수 없는 서늘함을 느꼈다. 그는 흠칫 놀라 뒤를 돌아보았지만, 그곳에는 아무도 없었다.

"대답해 줄 수 있다면 대답해 주십시오…… 종언은 뭡니까?"

"끝."

"종언의 사도는?"

"끝을 이행하는 자."

"그럼, 나는 뭡니까?"

이성민은 오슬라를 노려보며 내뱉었다. 그 말에 오슬라는 침묵했다.

이 질문에는 대답해 줄 수가 없는 모양이었다.

허주는 침묵하고 있었다. 오슬라 역시 아무런 말도 하지 않았다.

이어지는 정적 속에서 이성민은 여태까지 자신이 겪었던, 해왔던, 만났던, 들었던. 그 모든 것들을 떠올렸다.

므쉬가 말했었다. 세상에 우연은 없다고. 언젠가를 위한 준비를 해야 할 것이라고.

김종현은 종언의 사도에 대해 말했었다.

불영대사는 이성민을 보고서 괴력난신의 어여쁨을 받고 있다고 말했었다.

프라우와 엔비루스는 이성민을 중심으로 한 운명력에 대해 말했었다. 우연은 없다. 모든 것이 운명이라는 말일 터. 어느 곳으로 향하는 운명인가? 종언은 끝. 종언의 사도는 끝을 이행하는 자.

그러면 나는?

"……내가 종언의 사도인 겁니까?"

내뱉으면서, 이성민은 말도 안 되는 말이라고 스스로 생각했다.

그럴 수밖에 없었다. 전생의 이성민은 대단한 존재가 아니었다. 흔해 빠진 용병, 그중에서도 애매하기 짝이 없는 C급.

삼류 무공을 익혀 이류 수준에 간신히 올랐고, 욕심을 부려 던전을 홀로 돌파하려다가 죽음을 맞았다.

죽기 직전, 우연히 '전생의 돌'이라는 것을 얻어 처음 제나비스에 소환되었던 14살 시절로 돌아왔다.

그게 전부다.

코웃음 치며 부정해 주기를 바란 오슬라는 아무런 대답도 하지 않았다. 그녀의 침묵에 이성민은 자신도 모르게 웃어버렸다.

"내가…… 당신의 침묵을 어떻게 받아들여야 하는 겁니까?"

"나는 아무런 말도 해줄 수가 없어. 네 질문은 오랜 약속을 정면으로 파고드는 것이고, 나는 약속에 얽매인 존재이니까 그에 대해 아무 대답도 해줄 수가 없는 거야. 나뿐만이 아니야. 이 세상에서 네 질문에 대답해 줄 수 있는 존재는 아무도 없어."

긴 침묵 끝에 오슬라가 입을 열었다. 그 말에 이성민은 다시 한번 웃어버렸다.

"하지만, 아직은…… 아직은. 정해진 것은 없어."

목덜미에 닿는 서늘함이 예리함으로 바뀌어간다. 오슬라는 움찔 몸을 떨더니 날개를 축 늘어뜨렸다.

"너는…… 너야. 그건 틀림없는 사실이지."

오슬라는 그렇게 말하고서 양손으로 자신의 머리카락을 헤집었다.

그녀도 혼란스러운 모양이었다. 잘 땋아 내렸던 머리를 엉망으로 만든 뒤에 오슬라가 한숨을 푹 내쉬었다.

"아, 정말!"

"뭡니까?"

"네가 답답한 것처럼 나도 답답해! 나도 내가 아는 대로 다 말해주고 싶다고! 그런데 말할 수가 없단 말이야!"

"왜 나한테 짜증을 내는 겁니까?"

"네가 나한테 짜증을 내잖아!"

그렇게 고함을 지른 뒤에, 오슬라는 크게 숨을 삼키고서는 자신이 헤집은 머리카락을 손으로 꾹꾹 눌렀다.

"나는 몰라. 더 이상 너한테 해줄 수 있는 말도 없어. 다만."

해줄 말이 없다고 한 주제에, 오슬라는 말미에 여지를 두었다.

"……나는 네게 우호적이야. 그것만은 알아둬."

오슬라는 이성민을 향해 눈을 흘기며 그렇게 내뱉었다.

이성민은 그 말에 뭐라고 더 말을 걸기 위해 입을 열었으나, 오슬라는 두 눈을 질끈 감고 자신의 귀를 틀어막아 버렸다.

"안 들려!"

그렇게 외치고서는, 오슬라는 빛이 되어 사라져 버렸다.

이성민은 헛웃음을 흘리면서 이마를 손으로 짚었다.

혼란스럽다. 누군가를 만나고, 종언의 사도나 그런 것들의 본질에 대해 들을 때마다 혼란이 더욱 쌓이는 기분이었다.

무엇 하나 명확히 해소된 것이 없다. 에둘러 말하며 의심과 불안만 쌓여갈 뿐이다.

[……흠.]

쭉 침묵하고 있던 허주가 입을 열었다.

[종언의 사도니 뭐니, 그런 이야기는 흥미가 없다만…….]

크흠. 이성민의 머릿속에서 허주가 헛기침을 뱉었다.

[당장 그, 끝이라는 것이 찾아온 것도 아니고. 지금의 네가 그것을 신경 쓸 필요는 없다고 본다.]

'말이야 쉽지.'

[그 뭔지도 모를 것에 신경을 쓰는 것보다는 당장의 일이 중요하지 않겠느냐.]

허주가 심드렁한 목소리로 말했다.

[너는 천외천의 적이 되었고, 사마련주의 제자가 되었다. 먼 미래를 생각하는 것보다는 현재에 충실하는 편이 좋을 것이야. 네가 천외천의 적이 되어 그들과 계속 싸우게 된다면, 너는 십중팔구 죽는다.]

이성민은 반발하지 않고 입을 다물었다.

[네놈이 여태까지 살아남을 수 있었던 것은, 그 2,100년의 수련이 있었기 때문이다. 그로 인한 경험이 너를 지금까지 살아남게 만들었지. 하지만 앞으로는 아닐 거야.]

'맞아.'

이성민은 한숨을 내쉬며 머리를 끄덕거렸다.

[너는 더 이상 성장할 여지가 없다.]

허주가 담담한 목소리로 그를 선고했다.

[지금의 너는, 정신세계에서 도달했던 경지에 다시 도달하게 되었으니까. 너는 그 이후의 경지를 모른다. 지금부터 강해질 여지가 없어.]

'……그렇지.'

속이 쓰릴 정도의 사실이다. 지금의 이성민은 데니르의 시련에서 도달했던 경지에 완전히 도착했다.

그 말인즉, 여태까지처럼 '경험' 속의 강함을 향해가며 성장할 수가 없다는 말이다.

이성민은 재능이 부족하다. 위지호연 같은 천재는 계속해서 성장할 여지가 얼마든지 있었지만, 이성민은 아니다.

이 경지에 도달하는 것에 2,100년이 걸렸다. 이보다 더 높은 경지에 도달하기 위해서는 얼마나 긴 시간과 노력이 필요할지 감도 잡히지 않는다.

[오히려 잘되었다. 한계까지 성장한 시점에서 사마련주의 제자가 되지 않았느냐. 그는 너보다 훨씬 앞선 경지에 도달한 자이니, 네놈을 느리게나마 이끌어 줄 수 있을 것이다.]

'그럴지도 모르지.'

[그리고.]

허주가 어흠, 하고 헛기침을 했다.

[까놓고 물어보자.]

허주의 목소리가 낮아졌다.

[너는 소천마. 그 계집과 대체 뭘 어떻게 하고 싶은 것이냐?]

"뭐?"

위지호연과 어쩌고 싶냐는 질문을 들을 것이라고는 생각한 적도 없었기 때문에, 이성민은 허주의 질문에 조금 당황해 버렸다.

허주는 이성민이 그런 반응을 보일 줄 알았다는 듯이 쯧쯧 혀를 찼다.

[아까 전의 비무를 통해 네놈은 소천마 계집과 동등한 위치에 서게 되었다. 그것은 네놈이 간절히 바라오던 것 아닌가?]

"……그렇…… 지."

[그다음은 생각해 본 적이 없는 것이냐? 아니라고는 하지 마라. 이 어르신은 네놈과 심령으로 연결되어 있다. 네놈의 깊은 무의식까지는 몰라도, 네놈이 소천마 계집을 떠올릴 때에 표

면으로 떠오르는 감정의 일부는 이 어르신에게 전해져 온단 말이다.]

이성민은 입을 다물었다. 허주는 이성민의 침묵을 무시하고서 말을 계속했다.

[네놈은 소천마를 친구라고 말하지만, 글쎄…… 이 어르신이 느낀 감정은 조금 달라. 소천마는 네놈에게 있어서 닿을 수 없는 위치에 선, 절대로 닿아서는 안 될. 그런 존재였다. 아닌가?]

부정할 수가 없는 말이었다. 그래서 사마련주가 위지호연을 약하다고 한 말에 반발했던 것이고, 위지호연과의 비무에서 승리를 거두었음에도 큰 기쁨을 느끼지 못했다.

[네놈의 감정은 모순적이다. 네놈이 소천마 계집을 쓰러뜨리는 것을 바라는 것은 진심이지만, 동시에 너는 자신이 그러지 못하기를 바라고 있어. 아니, 소천마 계집이 자신과 동등할 정도로 정체되는 것을 바라지 않고 있지.]

"……그래서?"

[네놈이 바라지 않았다 하여도, 지금의 네놈은 소천마 계집과 동등한 위치에 서게 되었다. 관계가 변할 수밖에 없게 되었다는 말이지.]

"변하지 않아."

[아니. 변할걸. 소천마도 그렇게 생각하고 있을 테고.]

"이상한 소리 하지 마."

[진심으로 그렇게 생각하고 있는 것이냐?]

허주가 킬킬 웃는다. 그리 듣고 싶지 않은 웃음소리였다.

이성민은 허주를 무시하면서 몸을 돌렸다. 앞으로 이 숲에서 지내야 할 것이니 거처로 삼을 만한 곳을 찾기 위해서였다.

[네놈이 소천마를 떠올릴 때 말이다. 그 감정은…… 우정이라기보다는 애정에 가깝다고 생각한다.]

"아니야."

[그렇게 단칼에 부정하니 오히려 찔려 하는 것처럼 들린다만.]

더 이상 참을 수가 없었다. 이성민은 똥통을 찾겠다고 마음을 먹었다.

요정도 똥을 싸는지는 모르겠지만, 똥통이 없다면 직접 만들어서라도 허주가 깃든 마갑을 담가 버리겠다고 생각했다.

[미안해.]

허주가 즉시 사과를 전해 왔다.

위지호연과의 비무 이후로, 이성민은 몇 번이나 위지호연을 찾아가기 위해 숲을 헤매었다. 하지만 숲을 아무리 뒤져 보아도 위지호연과 만날 수는 없었다.

위지호연이 숲을 떠나지 않았다는 것은 틀림없는 사실이었다. 며칠 사이에 말을 나누면서 안면을 튼 요정들이 속삭여 주었기 때문이다.

[네놈을 만나기 싫은가 보다.]

허주가 킬킬거리면서 말했고, 이성민은 똥통을 떠올렸다. 그러자 허주는 입을 닥쳤다.

위지호연과 만나지 못하는 일주일 동안. 이성민은 위지호연과의 비무를 복기했다. 여전히 승리에 대한 실감과 환희는 적었다. 다만, 복기하는 과정에서. 이성민은 어떠한 사실을 인정할 수밖에 없었다.

'더 쉽게 이길 수 있었어.'

처음부터 버프 마법을 두르고 요력을 사용했더라면, 아니, 그것을 떠나서. 쓸 수 있는 무공을 전부 다 펼쳤더라면. 조금 더 쉽게 이길 수 있었을 것이다.

이성민이 위지호연과의 비무에서 사용한 구천무극창은 칠초인 관천까지밖에 사용하지 않았다.

남은 팔초와 최후 오의인 구초를 사용했더라면, 보다 더 쉽게…… 빠르게 이길 수 있었을 것이다.

하지만 후회는 없었다. 해서는 안 되었다. 팔초와 구초를 사용했더라면 위지호연을 죽였을지도 모른다.

혹은 죽음에 준하는 치명상을 입혔던가. 서로를 크게 해하지 않는 비무였으니, 팔초와 구초를 사용하지 않은 것에 대해 후회하고 싶지는 않았다.

"명상이라도 하는 것이냐."

파직.

등 뒤에서 전류가 튀기고, 사마련주의 목소리가 들렸다.

흑뢰번천의 질풍신뢰로 모습을 드러낸 사마련주는 이성민의 등 뒤에서 뒷짐을 지고 섰다.

"오셨습니까?"

이성민은 앉았던 몸을 일으켰다. 이번에도 사마련주는 가면을 써서 얼굴을 가리고 있었는데, 무슨 형상인지는 알 수 없었지만 색이 화려한 가면이었다.

"네 무공을 살피면서 알았다."

사마련주가 입을 열었다.

"네가 본좌의 생각보다 강하다는 것을 말이야. 네가 처음부터 죽이고자 싸웠더라면, 소천마를 쉽게 죽일 수 있었겠지."

"죽여서는 안 되었잖습니까."

"맞아. 죽이는 것보다 제압하는 것이 더 힘든 법이지. 탓하려는 것은 아니다. 오히려 재미있었어."

가면의 안쪽에서 웃는 소리가 들렸다.

"처음으로 들인 제자이지만, 본좌는 네가 꽤 마음에 든다."

우선, 사마련주는 그런 말을 했다.

"그렇기에 본좌도 나름대로 최선을 다해 널 지도할 생각이다. 이 마황 양일천의 유일한 제자라면 그럴 만한 실력을 갖추어야지."

"……스승님께서도 아시겠지만, 저의 재능은 뛰어나지 않습니다. 스승님이 저를 최선을 다해 지도하신다 해도, 제가 그를 따를 수 있을지 걱정입니다."

"괜찮다."

사마련주가 즉답했다.

"네 재능이 부족하다는 것은 본좌도 아는 사실이니까."

"그리고……."

이성민은 사마련주를 향해 떨떠름한 표정을 지었다. 일주일 동안 해온 고민 때문이었다.

"저는…… 아직까지 잘 모르겠습니다. 이제 와서 다른 무공을 익혀도 되는 것인지. 제가 그것을 잘 사용할 자신도 없고."

"멍청한 말을 하는군."

이성민은 나름대로 고심하여 한 말이었지만, 사마련주는 껄껄 웃기만 했다. 그 웃음에 이성민은 사마련주를 향해 눈을 흘기며 내뱉었다.

"무조건 좋은 무공을 익힌다고 해서 지금보다 강해지는 것은 아니지 않습니까? 안 맞는 옷을 입느니 지금 맞는 옷을 입는 것이……."

"그거다."

사마련주가 이성민의 말을 뚝 끊고 들어왔다.

"네가 기존에 사용하던 무공들은 어린아이의 옷과 같은 것이다."

"……예?"

"초월지경의 경지는 기존에 네가 알던 무공의 경지와 무리, 그 모든 상식에서 완전히 벗어나 있다. 네가 기존에 사용하던 무공. 구천무극창과 자하신공, 무영탈혼, 혈환신마공은 초월지경의 경지를 상정하지 않고 만들어진 무공이란 말이다."

"그게 대체 무슨……."

"그 무공들만으로는 초월지경의 무리를 완전히 담아낼 수 없다는 것이지."

사마련주가 큭큭거리며 웃었다.

"운이 좋은 줄 알거라, 제자야. 초월지경의 무리를 담은 무공은, 초월지경에 든 무인이 기나긴 시간을 들여 창안하는 경우가 대부분이니까. 하지만……."

사마련주는 잠깐 말을 멈추고, 이성민을 위아래로 훑어보았다.

"……네 오성으로는 초월지경의 심득을 담은 최상승의 무공을 창안하려면 수백 년은 걸릴 것이다."

반박할 수 없는 말이라 뭐라 말할 수가 없었다. 사마련주는 얌전히 입을 다물고 있는 이성민을 향해 계속해서 말했다.

"그러니 옷을 수선해야 한다는 것이다. 지금 네가 입기에는 너무 작으니까, 알맞을 정도로."

사마련주가 품 안에 손을 집어넣었다. 그가 꺼낸 것은 두꺼운 책이었고, 표지에는 '자하신공'이라 적혀있었다.

"우선 심법부터 익혀라. 기존의 자하신공에 본좌의 심득을 추가했고, 흑뢰번천의 구결도 넣었다. 꽤 고생스럽기는 하겠지만 반드시 익혀야 하는 것이니 잠을 줄여가며 익히도록 해라."

이성민은 사마련주가 던진 새로운 자하신공을 받았다. 그러면서 문득 든 궁금증에 대해 질문했다.

"초월지경의 심득이라는 것이 그렇게 대단한 겁니까?"

"너는 스스로 초월지경에 들었으면서도 그를 모르는 것이냐?"

"……난해하다는 것을 알고 있습니다만. 펼치는 것에 큰 무리를 느낀 적은 없습니다."

"수박 겉핥기로 쓰는 것이 전부니 그렇겠지. 정 이해가 안 간다면 소천마가 너와의 비무에서 펼쳤던, 새로 창안했다는 무공을 떠올려 보아라. 그 대단한 천재가 왜 굳이 무공을 새로 만들었을까?"

사마련주는 여전히 뒷짐을 지고 있었다.

우스꽝스러운 가면을 쓰고 있었지만, 무공에 대해 말하는 사마련주는 이성민이 보았던 그 어떤 이들보다 위압적이고 위대해 보였다.

"무공이라는 것은 몸뚱이를 효율적으로 쓰는 공부고, 기를 받아들이고 기를 사용함으로써 육체의 한계를 아득히 넘게 하는 것이지. 하지만 초월지경에 든다는 것은 '나' 자신의 육체를 떠나, 그를 담고 있는 공간에 개입한다는 것이다. 그 경지에 이르러서는 이미 무공은 무공이 아니게 된다."

이성민은 멍한 표정으로 머리를 끄덕거렸다. 사마련주가 말하는 것은 무공에 입문하는 기초 중의 기초라고 할 수 있는 무리였다.

"이해가 어렵거든…… 그래. 꼬리를 생각해라. 혹은 날개를. 사람에게는 꼬리와 날개가 없지만, 초월지경의 심득은 날개나 꼬리와 같은 것이다. 그러니 제대로 사용하는 것이 어렵지. 날개나 꼬리를 가지고 있지 않았는데, 갑자기 그를 갖게 된 것이니까."

사마련주는 그렇게 말하면서 손을 들어 이성민의 손에 쥐어진 자하신공을 가리켰다.

"그러니 새로 익혀야 하는 것이다. 반발하지 말고 익히도록 해라. 아마…… 그 무공을 익히는 것에 본좌의 도움은 필요가 없을 것이다. 너 역시 초월지경에 입문하였고, 그 경지에 다다르면서 너 스스로 확립한 무공관이 있을 테니까. 게다가 너는 이계인이니 무공을 익히는 것 자체는 크게 어려움이 없지 않느냐."

"예."

"그러니 다른 소리 말고 그 심법이나 제대로 익히고 수행하도록 해라. 다른 무공들은 아직 본좌도 뜯어고치지 못했으니까. 우선 가장 기본이 되는 심법을 수행하고, 어느 정도 궤도에 오르면 다른 무공을 주도록 하마."

사마련주는 그렇게 말하면서 질풍신뢰를 통해 모습을 감추었다. 이번에도 자신이 할 말만 모조리 뱉어두고서 사라진 것이다.

하지만 이성민은 그런 사마련주에게 불만을 느끼지는 않았다. 그는 다시 자리에 앉아, 진지한 표정으로 자하신공을 펼쳐보았다.

어렵다.

한참의 시간을 들여 자하신공을 끝까지 정독하고서, 이성민은 한숨을 내쉬었다.

초월지경이라고 해서 다 같은 초월지경이 아니라는 것을 새로운 자하신공을 읽으면서 절감하게 되었다.

익히는 것 자체야 이계인의 보정을 통해 어렵지는 않겠지만, 단순히 익히는 것이 아니라 써먹을 수 있을 정도로 숙달되기 위해서는 굉장한 노력이 필요할 듯싶었다.

[자하신공을 익히시겠습니까?]

그 목소리에 대답하고서, 이성민은 바로 가부좌를 틀었다. 그리고는 새로워진 자하신공을 운용하기 시작했다. 단전의 내공과 요력이 움찔거리며 반응한다.

사마련주가 뜯어고친 자하신공은 기존의 구결에 새로운 구결을 추가한 것이었고, 그에 따라 내공을 운기하자 즉각적으로 반응이 나왔다.

파지직!

이성민은 자신의 몸 안에서 그런 소리를 들었다.

기혈을 타고 흐르는 내공과 요력의 속도가 이전과는 비교도 할 수 없이 빠르다.

순식간에 대주천이 이루어졌고 이성민은 자신도 모르게 탄성을 내질렀다.

단순히 가부좌를 틀고 대주천을 하는 것만으로는 부족함을 느꼈기에, 이성민은 급히 몸을 일으켜 보았다.

파지지직!

순식간에 호신강기가 만들어졌다. 몸 전체를 휘감은 호신강기는 자하신공의 자색이었으나, 그 주변에는 흑뢰번천의 구결로 인한 전류가 흐르고 있었다.

이성민은 내려두었던 창을 격공섭물로 들어 양손으로 잡았다. 강기를 불어넣는다, 라고 생각하고.

순식간에 진한 강기가 창을 휘감았다. 이전보다 훨씬 속도가 빨랐고, 빠르다고 하여 느슨한 것도 아니었다. 새로이 익힌 자하신공은 이성민의 가슴을 두근거리게 만들었다.

기존의 자하신공을 변형시킨 것이라고는 해도, 이제 처음 운기한 것인데 이렇게까지 눈에 보이는 변화가 있으니 앞으로가 어떨지 기대되었다.

밤이 될 때까지 이성민은 자하신공을 운기했다.

고작 하루 매진한 것으로 큰 성취를 얻을 수는 없었지만, 이성민은 조급해하지 않을 생각이었다.

지난번에 오슬라에게 알 수 없는 말을 들었고, 어쩌면 자기 자신이 종언의 사도일지도 모른다는 생각이 있기는 하였으나.

이성민은 허주가 말했던 대로, 그 언제인지 모를 먼 미래를 생각하느니 지금 당장 해야 할 일에 충실할 생각이었다.

"그 무공."

운기조식을 끝내고 몸을 일으키려 할 때에. 이성민은 위지호연의 목소리를 들었다.

"사마련주가 전수해 준 무공이겠지?"

나무 아래에 위지호연이 서 있었다.

5장
위지호연

일주일 만에 만난 위지호연은 좋아 보였다.

혈색도 좋았고, 입가에는 잔잔한 미소마저 띄우고 있었다.

이성민은 나무 아래에 선 위지호연을 보면서 멈칫 굳었다. 그렇게 굳은 것은 이성민뿐만이 아니었다.

이성민의 머릿속에 있는 허주조차도 할 말을 잊었다.

[……맙소사.]

허주가 신음을 흘렸다.

이성민이 기억하고, 알고 있고, 보아 온 위지호연은 언제나 무복을 입고 있었다.

지금의 위지호연은 아니었다.

그녀는 이성민이 처음 보는 하늘거리는 여성복을 입고 있었고, 그 위에 흑룡포를 두르고 있었다.

이성민은 큼직한 소매 아래로 보이는 위지호연의 흰 손목과 치맛단 아래로 뻗은 종아리를 보며 자신도 모르게 몇 걸음 뒤로 물러서 버렸다.

"웃기는 표정이구나."

위지호연은 이성민의 그런 표정을 보면서 풋 하고 웃었다.

이성민은 뭐라고 말을 하기 위해 입술을 열었지만, 말을 내뱉지 못하고 다시 입술을 다물었다.

여태까지 살아오면서 많은 만남과 사건을 겪었지만, 그중 그 무엇도 지금만큼 충격적이지는 않았다.

"내가 이런 옷을 입은 것이 그렇게 놀라우냐?"

"어…… 어, 어."

위지호연이 물었고, 이성민은 얼빠진 목소리로 대답했다.

그 대답을 듣고서 위지호연이 까르르 웃는다. 그녀는 허벅지에 걸쳐진 치맛자락을 살짝 들어 올리며 말했다.

"나도 이런 옷을 입어 보는 것은 처음이야."

구입한 것도 처음이었다. 일주일 동안, 이성민을 피해 오면서 위지호연은 많은 고민을 했다.

자신의 감정. 뭔가 변해버린 감정과 상황, 아니, 감정은 변하지 않았다. 애초부터 그 감정은 바닥에 깔려 있었으니까. 다만 상황이 변하면서 그것을 표출하는 방식이 바뀌었을 뿐이다.

"네가 좋아할 것이라고 생각했어."

위지호연이 웃으며 말했다.

아. 이성민은 멍한 눈으로 위지호연의 얼굴을 보았다.

좋아 보인다, 라고 생각했던 그 웃음. 가늘게 짓고 있는 그 웃음의 뒤에서. 이성민은 가만히 손을 쥐었다.

뭘 불안해하고 있는 것일까.

"일종의 보상인 거야. 비무에서, 네가 승리했잖아. 그러니까……."

"잘."

이성민은 간신히 말을 꺼냈다.

"잘…… 어울려."

별것 아닌 말이다. 하지만 그런 말을 하는 것이 굉장히 힘들었다. 하지만 그 말에 위지호연의 표정이 바뀐다.

불안을 감추고 있던 웃음이 사라지고, 그에 따라 동요를 숨겼던 눈동자가 크게 떠진다. 위지호연은 반쯤 입을 벌리고서 이성민을 보았다.

"그렇지?"

곧, 위지호연은 다시 웃음을 지었다. 달라졌다. 이전에 지었던 불안을 감춘 미소와는 다르게, 지금 위지호연이 지은 미소는 진심이었다.

허주는 자신에게 향하는 것도 아닌데 괜히 가슴이 조마조마하여 침묵했다.

사실 그의 성격대로라면 이성민의 등을 떠밀며 안고 물고 빨라고 종용했겠지만, 성격대로 할 수는 없었다.

만약 그렇게 나섰더라면 이성민이 정말로 허주를 똥통에 담가 버렸을지도 모른다.

"그게…… 그러니까……."

말을 꺼내면서, 이성민은 자신이 이런 대화에 굉장히 재주가 없다는 것을 절감했다.

어쩌면 무공 이상으로 재능이 없을지도 모른다.

"방금…… 전의 무공 말이야. 사마련주, 그러니까, 스승님이……."

[병신.]

허주가 내뱉었다.

"지금은 그런 이야기는 하지 말자."

이성민이 말을 끝내기도 전에, 위지호연이 천천히 머리를 흔들며 말했다.

네.

이성민은 즉시 입을 다물었다.

위지호연은 만지작거리던 치맛자락을 아래로 내리면서 머리를 숙였다.

그녀는 아무런 장식도 달지 않은 머리카락을 만지작거리면서 잠깐 동안 머뭇거렸다.

이성민은 얌전히 창을 내려놓았고, 위지호연이 먼저 입을 열었다.

"……그쪽으로 가도 될까?"

질문이 필요한 것일까? 이성민이 뭐라 대답하기 전이었다. 허주가 급히 내뱉었다.

[야. 네가 가.]

'뭐?'

[이 병신 고자 새끼야. 소천마가 용기를 내고 있는데, 얌전히 주는 것을 받아먹기만 할 생각이냐?]

허주가 답답함을 견디지 못하고 그렇게 고함을 질렀다.

[심정에 무슨 변화가 일어난 것인지는 모르겠지만, 저 계집은 자기 자신에게 어울리지 않는 일을 하며 노력하고 있단 말이다. 그런데 너는 뭐냐? 복잡한 모순 한가운데에서 네놈이 하는 것은, 결국 아무것도 하지 않고 닥치고 기다리는 것뿐이지! 그것이 전부냐? 이것으로 만족할 수 있냔 말이다. 나중에 후회하지 않을 자신이 있느냐?!]

버럭버럭 지르는 고함에 이성민은 쥐고 있던 주먹을 풀었다.

위지호연은 여전히 머리를 숙이고서 이성민의 대답을 기다리고 있었다.

후회하지 않을 자신이 있냐고. 만족할 수 있냐고.

허주가 내뱉은 말이 이성민의 머릿속을 맴돌았다. 무복이 아닌 다른 옷을 입은 위지호연의 모습과 그녀답지 않게 머리를 숙인 모습. 결국, 아무것도 하지 않고 닥치고 기다리고 있는 것뿐이라고.

반박할 수가 없었다. 모두가 맞는 말이었다. 낯설고, 두려웠다. 이런 일에 경험은 없다. 전생? 말할 것도 없다. 전생의 이성민은 그저 그런 용병이었다. 그 당시의 이성민이 알던 여자는 C급 용병에게 어울리는 싸구려 창녀들뿐이었다.

이성민은 천천히 발을 뻗었다. 자박, 하고 들린 발소리에 위지호연의 어깨가 움찔 떨린다.

그리 멀지 않은 거리였지만 이성민은 멀게 느꼈다.

허주는 이성민이 움직이자 안심하여 한숨을 내쉬었다. 이것으로 끝. 허주는 더 이상 개입하지 않을 생각이었다.

"……왔어."

이성민은 머뭇거리며 말했다. 그 말에 위지호연의 머리가 천천히 들린다. 이렇게 가까이서 얼굴을 보는 것은 오랜만이다, 라는 생각이 들었다.

위지호연은 잠깐 주저하다가 손을 들었다. 어울리지 않게 떨리는 손끝이 이성민의 뺨에 닿았다.

"……시간이 많이 흐르기는 했어."

위지호연이 중얼거렸다. 그녀는 11년 전을 떠올렸다.

그녀가 13살이었을 때를. 제나비스에 처음 소환되고, 대체 무슨 일이 벌어진 것인지 몰라 광장 한가운데에서 멍하니 서 있던 때를.

우연히, 아니, 우연은 아니었지. 위지호연은 그때를 생각하며 풋 웃었다.

"조금 걸을까."

이성민의 뺨을 어루만지던 위지호연의 손이 아래로 내려간다. 이성민은 머리를 끄덕거렸다. 먼저 위지호연이 몸을 돌려 앞으로 걷기 시작했다.

"11년이잖아."

앞서 걷는 위지호연의 등을 쫓는다. 등을 보고 싶지 않았다. 이성민은 걸음을 크게 벌려 위지호연의 곁으로 다가왔다. 위지호연은 곁에 선 이성민을 힐긋 보았다.

"당시의 우리는…… 아니, 나는 어렸다. 너는 죽어서 과거로 돌아온 것이었으니까. 그때의 너는 14살이었지만, 실제 나이는 더 많았었어."

"별로 그렇지도 않아."

이성민은 쓰게 웃었다.

"나 역시, 그때에는 어렸어."

어쩌면 지금도. 2,100년을 정신세계에서 살았다고 하여도 그 길고 긴 세월은, 너무 길어서 자각도 되지 않는다. 무공에

만 매진했기 때문에 더욱 그랬다.

"나는 너를 내 첫 친구로 삼았다."

위지호연이 말을 이었다.

"여러 가지로…… 너는 흥미로운 상대였고 마교의 소교주로서 살았던 나에게, 너 같은 존재는 없었거든. 내가 살던 세계에서 내 주변에 있었던 것은 마교의 소교주라는 배경과 내 아버지의 권위에 눌린 이들뿐이었으니까."

"나도 크게 다르지는 않았을 거야."

이성민은 무덤덤한 목소리로 말을 이었다.

"네가 했던 말이었지. 타인에게 기대 받는 것이 싫다고. 하지만 나도, 너에게 기대를 했었어. 그런 기대를 가지고 너를 만나러 갔었으니까."

"그럴지도 몰라. 하지만…… 후후! 그때에는 말이야. 나는 그런 것을 신경 쓰지 않았어. 나는 마교에서도 혼자였고, 이 세계에서도 혼자였다. 마교라는 배경과 아버지의 존재가 사라지면서 나는 처음으로 자유를 얻었지만, 여전히 혼자였고 외로웠어. 생각해 봐. 그때의 나는 고작해야 13살이었다."

그 말에 이성민은 피식 웃었다. 맞다. 그때의 위지호연은 겨우 13살밖에 되지 않았다. 이성민은 그 어린 위지호연에게 질책을 받았었다.

"고작 반년…… 그렇게 너와 지내고서, 헤어졌지. 그 반년 말이야. 길지 않은 시간이었지만, 나에게 굉장히 의미가 있었어."

"어떤 의미?"

"내가 마교의 소교주가 아닌, 나 자신으로 보냈던 처음이니까. 그리고 친구와 보냈던 유일한 시간이기도 했고."

친구. 거듭해서 말하는 그 단어가 이상하게 가슴에 얹힌다.

"제나비스를 떠나면서 너와 비무했었지. 10년 뒤를 약속하면서 말이야. 정작 그 10년 뒤의 약속은, 내가 저주에 걸린 탓에 싱거웠다만."

"어쩔 수 없는 일이었잖아."

"그랬었지. 그래도…… 루베스에서 너를 만났을 때 말이야. 네가 굉장히 강해져 있어서, 나는 기분이 좋았어. 하지만."

위지호연은 말을 멈추었다. 어느새 둘은 숲의 한가운데에 있었다. 해가 저문 숲의 밤은 어두웠다.

위지호연과 함께 있는 탓인지 수다스러운 요정들은 가까이 오지 않았다.

다만, 멀리서 요정들이 내뿜는 빛들이 보였다.

"안심하기도 했지."

위지호연은 낮은 목소리로 그를 중얼거렸다.

"나는…… 그러니까, 너보다 쭉 강하고 싶었거든. 내가 네 삶의 목적이 되었으니까. 그래서…… 잡히고 싶지 않았어. 어쩌면 나는 친구라고 말하면서 너보다 위에 서는 것을 당연하게 생각했을지도 몰라."

이성민은 대답하지 않았다. 위지호연이 그렇게 여겼듯이, 이성민 역시 위지호연을 그렇게 여겨왔기 때문이었다. 그것이 모순을 만들었다.

"이제는 아니게 되었어."

위지호연이 걸음을 멈춘다. 그녀는 천천히 몸을 돌려 이성민을 보았다.

"일주일 전의 비무에서 나는 너에게 패배했다. 내가 저주로 약해져 있었기 때문…… 이라는 말은 필요 없어. 결과는 결과일 뿐이니까. 그것으로, 나는 네 위에 서지 않게 된 거야."

"……그렇지."

"나는 네 목적이 아니게 되었다."

"그렇지 않아."

위지호연의 말에 이성민은 머리를 흔들며 부정했다.

"이제 한 번 이겼을 뿐이야. 나는…… 이 수준에 도달하기 위해서 많은 노력을 했어. 내 입으로 말하기는 그렇지만, 많은 기연도 있었지."

므쉬의 산에서 했던 수련, 소림, 데니르. 검은 심장을 얻은 것 역시 기연이었고, 허주와 만나게 된 것 역시 기연이었다.

"어쩌면…… 나는 지금보다 더 강해질 수 없을지도 몰라. 하지만 너는 아니겠지."

이성민은 위지호연을 똑바로 보았다.

"너는 계속해서 강해질 거야. 너는 나와는 비교가 안 될 정도로 뛰어나니까. 그러니까…… 이번에 한 번 이겼다고 해서. 네가 내 목표가 아니게 되는 것은 아니야. 너는 앞으로 나보다 강할 테니까."

"……그렇게 말해주는 것은 고맙군."

이성민의 말을 듣고 있던 위지호연이 피식거리며 웃었다. 하지만. 위지호연은 그렇게 말을 덧붙이면서 머리를 가로저었다.

"목표만으로 남고 싶지 않아."

위지호연이 중얼거렸다.

"너에게 묻고 싶은 것이 있어."

그 질문을 할 때에, 위지호연은 이성민을 보지 않았다.

그녀는 자신의 발밑을 보고 있었다. 어느새 그녀의 양손은 치맛자락을 꽉 잡고 있었다.

"나는 네게…… 뭘까?"

간신히 뱉은 질문이었다.

"친구? 목표? 이상? 동경? 그게…… 전부야?"

이성민은 즉시 답할 수가 없었다.

"헤어지기 전에 내가 했던 말. 기억해?"

"……기억해."

"교접이라던가, 그런 말들. 지금 와서 생각하니 뭔 정신으로 그런 말을 한 것인지 모르겠군. 10년 뒤에 유방이 커질지도 모른다, 그런 말도 했었지. 사실 기회는 있었어. 지금도 그렇고."

"크기는 상관없다고 생각해."

"그렇다면 다행이지만 말이야. 나도 억지로 키우고 싶지는 않아."

위지호연이 키득거리며 웃었다.

"당시의 나는 어렸다. 내 감정이 어떤 것인지도 몰랐어. 외면했던 것일지도 모르고. 그 후로도 크게 다르지는 않아. 그래도…… 생각하지 않으려고 해도, 계속해서 생각이 났지. 네가, 너와 만나게 될 날이."

그 후로 몇 번을 만나게 되었지만.

"나는 익숙하지 않아."

위지호연이 중얼거렸다.

"이런 감정도 그렇고. 감정을 내비치는 것도, 행동하는 것도. 너무…… 어색해. 익숙하지 않아서 두려워. 이번에도 그랬어. 너와 만나자마자 비무를 하자 청했었지. 부끄러웠고, 나한테는 그편이 더 쉽고 편했으니까."

하지만 이제는 그것도 쉽지 않게 되어버렸어. 위지호연이 쿡쿡 웃었다.

"나는 너를 친구만으로 여기지 않아."

이성민을 직시하지 않았던 위지호연이, 이제는 이성민을 똑바로 보았다.

“그래서 궁금한 거야. 네가 나를 어떻게 생각하는 것인지.”

목표, 이상, 동경.

이성민에게 있어서 위지호연은 그런 존재였다. 그렇게 생각해 왔다.

아니, 그것이 전부가 아님은 이성민도 알았다. 알고 있었지만 표현하고, 인정하고 싶지 않았다. 자격이 없다고 생각했기 때문이다.

이성민과 위지호연은 다르다.

가진 것도, 살아가는 것도. 타고난 재능이 너무나도 다르다. 평범한 자질을 가진 이성민과는 다르게 위지호연은 누구나 인정하는 천재였다.

그러니 자격이 없다. 분수에 맞지 않다. 항상, 그렇게 생각해 왔다.

짝사랑이라고.

허주가 했던 말이다.

그 말에 반박할 수는 없었다. 맞는 말이었기 때문이다.

어울리지 않음을 알기에 생각만 했다. 닿지 않기를, 하고 바라왔다. 위지호연이 자신보다 언제나 강하기를.

언제나 목표이고, 동경이고, 이상으로 남기를 바라왔다.

그래야 멀리서 볼 수 있을 테니까. 멀리서 보고, 쫓아갈 수 있을 테니까. 그것에 몰두하며 다른 생각을 하지 않을 수 있을 테니까.

욕심을 내고 싶지 않았기에, 욕심을 내지 않을 상황만 바라왔다.

이성민은 긴 침묵을 가졌다. 위지호연은 이성민의 대답을 기다리고 있었다.

"……나도 다르지 않아."

침묵이 끝났다.

"나도 마찬가지야. 너를…… 친구만으로 생각하지는 않았지. 항상 생각했어. 너와 다시 만날 날을 생각하며 살아왔지. 몇 번이나 죽을 뻔했고, 차라리 죽는 것이 나을지도 모를 고생도 해왔어."

그렇게 지금까지 왔다.

"자격이 없다고 생각했지. 너는 나와 너무 달랐고, 나보다 너무 잘났으니까. 그래서…… 분에 넘치는 바람을 품고 싶지 않았어. 두려웠던 거야. 내가 그를 바라게 되었을 때, 너에게 거절의 말을 듣는 것을."

"겁쟁이구나."

"맞아."

이성민은 쓰게 웃었다.

"나는 겁쟁이야. 그만큼 너와의 관계가 나에게 소중했으니까. 너와 만나지 않았다면 나는 어떻게 되었을까. 네가 나를 친구라고 말하지 않았다면? 내가…… 너를 친구 이상으로 생각하는 것을 네가 알게 된다면?"

므쉬의 산에서 꾸었던 악몽 중에서도 그런 꿈이 많았었다.

"그래서 두려웠던 거야. 나 혼자 닥치고 있으면, 친구로나마 계속 지낼 수 있을 테니까. 목표나 동경, 이상과는 상관없어. 나는 너…… 가. 위지호연, 네가 좋았다."

언제부터였을까. 위지호연과 처음 만나게 되었을 때부터? 아니, 그때는 아니야. 위지호연에게 무공을 배우면서? 그때부터. 위지호연을 목표로 삼았을 때부터. 그녀에게 무공을 배우기 시작했을 때부터.

"길었어."

이성민은 먼 곳을 보았다.

"11년이 아니라, 나에게는 그보다 훨씬 더 길었다. 긴 시간 동안 나는 계속 널 생각했지. 너에게 가까워지고 싶었어. 그러면서도 네가 나에게 더 멀어지기를 바랐지. 두려웠으니까 말이야. 내가 정작 너에게 가까워졌어도, 내가 가진 힘이 아니라 내 마음이 너에게 가까워지는 것이 두려웠어. 네가 내 손에 닿는 위치까지 온다면, 내가…… 숨기지 못할 것만 같아서."

"숨길 필요는 없어."

위지호연이 말했다.

"나 역시 그러니까. 나도 똑같아. 이상하지. 나도 이런 일에는 겁이 많더군. 내가 모르는 감정이니까 그럴 거야."

위지호연은 손을 들어 자신의 머리카락을 어루만졌다. 긴 머리카락이다. 묶지 않고, 그대로 풀어 내렸다.

"지금의 나는 전생에 네가 알던 나와는 달라."

위지호연은 눈을 감았다.

"전생의 나는 여자임을 숨겼다고 했지. 왜였을까. '나'라고 해도, 나는 네 전생에 있던 나를 잘 몰라. 하지만…… 어느 정도 짐작은 돼. 굳이 여자임을 내색할 필요가 없으니까 그랬겠지. 여자로 여겨지고 싶지 않으니까, 여자로 보여지고 싶지 않으니까."

"지금은…… 달라?"

"달라. 널 만났으니까."

머뭇거림 없는 대답이었다.

"머리를 풀었다. 무복을 입었지만 남자의 것은 입지 않았어. 가슴의 굴곡도 숨기지 않았다. 누구나 나를 여자로 보았지. 너만이 나를 여자로 알고 있는 것도 괜찮을 것 같았지만, 그것으로는 나 자신이 납득하고 싶지 않았어."

위지호연과의 거리가 가까워진다.

"나는 누구나 나를 여자로 보기를 바랐다. 그렇게, 너에게 알리고 싶었어. 지금의 내가 네가 알던 전생의 나와 다르다는 것을. 그리고…… 오늘은. 무복을 입지 않았지. 그게 무슨 의미인지 알아?"

"……잘 모르겠어."

"내 이런 모습을 보는 것은 네가 처음이야."

위지호연이 환한 미소를 지었다.

"전생에서도 그럴 거야. 확신할 수 있어. 전생도, 지금도, 어쩌면 다른 시간대에서 살아온 나도. 이런 옷을 입고, 앞에 서서, 이런 말을 하는 것은 내가 유일해. 이 말을 듣는 것 역시 네가 유일하고."

시간이 멈춘 것만 같았다.

"나는 너를 친구로 여기지 않아. 친구로는 부족해. 나는 욕심이 많으니까, 그보다 더한 것을, 더 많은 것을 원해."

위지호연의 눈이 이성민을 본다.

"너는?"

"나도."

"그러면 그렇게 가만히만 있지 마."

위지호연의 목소리가 낮아졌다. 꾹 눌러 두었던, 오래전부터 숨겨두었던 감정을 꺼낸다.

위지호연과 재회하면 무엇을 할까. 그녀와 어떻게 될까. 무엇을 하게 될까. 언제나 했던 생각들, 그 생각에서 의식하지 않았던 행동이 이행되었다.

이성민은 양손으로 위지호연의 어깨를 잡았다. 슬며시 잡아끌자, 위지호연은 저항하지 않고 이성민의 품 안에 안겼다.

작다.

언제나 크다고 느꼈는데, 품에 안긴 위지호연은 작았다.

이성민은 자신의 가슴에 닿는 위지호연의 머리를 내려 보았다. 위지호연이 천천히 머리를 들어 올렸다.

뭔가를 바라고 있는 눈이었고, 이성민은 주저하지 않고 위지호연에게 머리를 가까이했다.

멈췄던 시간은 여전히 움직이지 않고 있었다. 소리조차 들리지 않았다.

숲의 소리도, 요정들의 소곤거림도.

이 생에서 처음으로 했던 입맞춤은 길었다.

"……이것도 처음이야."

입술이 떨어지고서, 위지호연이 킥킥 웃었다. 그 말에, 이성민도 웃어 버렸다.

"너는?"

"나도."

"전생에서는 해봤겠지?"

"하기는…… 해봤지."

"뭐, 상관없어."

위지호연은 촉촉하게 젖은 입술을 혀로 핥으면서 악동처럼 웃었다.

"이번 생에서, 네 처음은 나니까."

꾸욱. 위지호연이 이성민의 허리를 안았다.

되돌아온 감각이 낯설다.

백소고는 앉았던 몸을 천천히 일으켰다. 수년간 므쉬의 산에서 해온 고행은 끝났다.

사실 마음 같아서는 더 고행을 하고 싶었으나, 백소고의 의지와는 다르게 그녀의 고행은 끝나 버렸다.

"더 했으면 죽었을 거야."

백소고의 앞에는 므쉬가 있었다. 온몸에 붕대를 칭칭 감은 시련과 고행의 여신은, 질린 표정으로 백소고를 보고 있었다.

므쉬가 이 세상에 존재하고, 그녀의 성지인 이 산에는 많은 고행자가 찾아왔었다.

대부분이 자신의 자질 이상의 경지를 꿈꾸는 이들이었고, 보통 그런 이들은 긴 고행과 금제를 견디지 못하고 포기하여 산을 나가곤 했었다.

"이런 일은 처음이야."

므쉬는 진심으로 백소고의 독함을 인정할 수밖에 없었다. 지독한 금제를 겹겹이 둘렀던 백소고는 수행은커녕 이 산에서의 생존 자체가 불가능할 정도였다.

그럼에도 백소고는 살아남았다.

몸에서 악취가 나고, 너무 못 먹어 피골이 상접하였으나. 그럼에도 백소고는 살아 있었다.

끔찍한 나날을 견디며 멈추지 않고 고행해 온 백소고의 두 눈은 인간이 아닌 것처럼 평온했다. 므쉬는 그런 백소고를 보면서 한숨을 내쉬었다.

"……시련과 고행의 여신인 내가, 고행자의 죽음을 걱정하여 고행을 중지하다니."

"나는 더 할 수 있어요."

백소고가 입을 열었다. 오랜만에 내뱉는 목소리는 스스로도 어색해서, 백소고는 손을 들어 목을 어루만졌다. '보는 것'도 오랜만이었다.

백소고는 너무 말라 앙상한 손을 보며 멈칫 굳었다. 그녀는 천천히 손을 움직여 자신의 얼굴을 더듬었다. 감각을 느끼는 것도 오랜만이었다.

백소고는 움푹 들어간 뺨과 너무 말라서 뼈가 드러난 몸을 어루만지며 쓰게 웃었다.

"추해졌네."

"그렇겠지."

므쉬가 중얼거렸다.

"더 이상 할 필요는 없어. 네가 하고 싶다고 말해도, 내가 그렇게 하지 않을 것이다."

"이것으로는 부족해요."

"더 이상 고행의 의미가 없는 거야."

므쉬는 그렇게 말하면서 백소고를 보았다.

"너는 이 산에서 얻을 수 있는 모든 것을 얻었다. 이 이상의 고행은 네 몸을 완전히 망칠 뿐, 네가 원하는 강함을 주지는 않을 것이야."

"그러면 나는 어떻게 해야 하나요."

백소고는 비틀거리며 몸을 일으켰다. 그녀는 몇 번 호흡을 가다듬은 뒤에 므쉬를 똑바로 보았다.

"……내가 말했을 것이다."

므쉬가 손을 들어 올렸다.

"네가 이 산을 나갈 때에, 신인 내가 직접 너에게 축복을 내려줄 것이라고."

"기억하고 있어요."

백소고가 머리를 끄덕거린다. 그런 말을 들은 기억은 있다. 하지만 그리 깊게 생각하지는 않았다. 신의 축복, 이라는 것이 대체 어떤 것인지 짐작이 가지 않았기 때문이다.

"너는 이 산이 존재하기 시작한 이후로 가장 오랜 시간, 끔찍한 고행을 견뎌왔다. 또한 너는 플람이라는 시련조차 극복했지."

"그랬지요."

백소고가 다시 머리를 끄덕거렸다. 므쉬는 감정을 거의 표현하지 않는 백소고를 보며 두 눈을 가늘게 떴다.

"플람의 시련을 극복하였기에, 나는 너에게 시간의 신인 데니르를 소개해 줄 것이다. 그를 만난다면, 이 산에서 해온 것과는 다른…… 끔찍한 고행을 다시 맞닥뜨리게 되겠지. 하지만 너라면 극복할 수 있을 것이다."

"시간의 신."

백소고가 중얼거린다. 므쉬가 백소고에게 손을 뻗자, 이성민에게 그러했듯이 데니르에 대한 정보가 백소고의 머릿속에 새겨졌다.

"그리고, 내 축복도 너에게 내려주마."

회색의 빛이 므쉬의 손끝에서 피어났다.

"너 이전에 이 산에서 고행했던, 네 사제. 그 인간도 대단하기는 했지만 축복을 내려줄 정도라고는 생각하지 않았다. 하지만 너는 아니야. 너라면 나도 받아들일 수밖에 없겠구나."

"무슨 뜻인가요?"

“너는 시련과 고행의 여신인 나, 므쉬의 화신이 될 것이다.”

화아악!

므쉬의 손끝에서 피어난 빛이 백소고와 연결되었다.

“더 이상 금제는 필요 없다. 나의 화신이 된 너는 이 산을 나가, 금제를 받지 않은 상태여도 이 산에서 고행하던 것과 똑같은 특혜를 누릴 수 있을 테니까. 그것은 데니르의 시련에서 굉장한 이점으로 작용하게 될 것이다.”

백소고는 멍한 표정으로 머리를 끄덕거렸다. 므쉬는 그 외에 다른 것을 알려주지는 않았다.

신의 화신이 된다는 것이 어떤 의미인지. 언젠가 찾아오게 될 끝에서, 화신이 어떠한 역할을 하게 될 것인지.

어차피 그때가 되면 알게 된다. 므쉬는 씁쓸함을 감추었다. 잔혹하기는 했지만 어쩔 수 없는 일이었다.

물론, 아직은 모르는 일이다. 아직 모든 것이 정해지지 않았으니까.

‘에레브리사를 소개해 줄 필요는 없겠지.’

저 정도의 그릇이 되었다면, 므쉬가 소개해 줄 필요 없이 에레브리사 쪽에서 백소고에게 접촉할 것이다.

에레브리사는 세상의 변수를 회원으로 둔다. 백소고는 이미 세상의 변수가 되기에 충분한 존재가 되었다.

므쉬와 작별을 나눈 뒤에, 백소고는 산을 내려왔다. 앙상하게 마른 몸은 금제가 사라졌음에도 잘 움직이지 않았다.

'아직은 안 돼.'

산을 내려오면서, 백소고는 사제를 떠올렸다. 만나러 가보고 싶었지만…… 아직은 안 된다.

백소고는 아직 스스로 준비가 되지 않았음을 알고 있었다. 므쉬의 산에서 했던 고행은 그녀를 성장시켰지만, 아직 백소고는 초절정 이상의 경지에 도달하지 못했다.

닿을 듯하면서 닿지 않는 그 경지에 도달하기 위해서는 므쉬의 산에서 했던 것 이상의 고행이 필요했다.

'부족해.'

의와 협은 이 산에서 백소고를 지탱해 온 굳건한 신념이었다. 하지만 그녀는 잘 알고 있었다. 신념만으로 의와 협을 이행할 수는 없다는 것을.

그러니 힘이 필요한 것이다. 지금보다 더 강한 힘이. 이상과 같은 신념을 세상에 확실하게 세울 만한 힘이.

그녀는 자기 자신이 괴물이 되어간다고 생각했다.

그리고 그녀는 오히려 괴물이 됨을 바라고 있었다.

눈을 떴을 때, 위지호연은 곁에 없었다. 이성민은 부스스한 머리를 손으로 누르면서 몸을 일으켰다.

간밤의 일이 생각나 민망스러운 기분이 들었다. 여자와 몸을 섞은 것이 처음 있는 일은 아니었으나, 이번 생에서는 처음이다.

게다가 욕구만을 해소하기 위해 창녀를 안았던 것도 아니지 않나.

위지호연의 거처는 집이라기보다는 움막에 가까웠으나, 바닥에 깔아 둔 이불보는 움막에 어울리지 않을 정도로 부드럽고 푹신한 고급품이었다.

이불보의 위에는 아직까지 핏자국이 선명히 남아 있었다. 그 핏자국을 보며, 이성민은 복잡한 기분을 느꼈다. 나 따위가 그녀의 처음을 가져도 되었는가, 라는 생각이었다.

[별 병신 같은 생각을 다 하는군.]

허주가 투덜거리는 소리를 냈다. 하지만 그 목소리에 짜증은 없었다. 오히려 허주는 흐뭇한 기색을 내비치면서 말을 걸었다.

[그래서, 좋았냐?]

'닥쳐.'

흐뭇한 기색으로 묻는 것이 그런 지저분한 질문이라는 것에 이성민은 어이가 없었다.

그렇기에 이성민은 닥치라고 대답했지만, 허주는 끈질겼다. 지난밤에는 티도 안 내며 말을 한 마디도 하지 않았기에, 그간

쌓였던 질문거리를 우루루 쏟아냈다.

[좋았지? 응? 근데 너, 움직이는 꼴이 좀 한심하더구나. 그런 식으로 움직여서는 서로 좋지 않아. 자고로 허리란……]

'아, 좀 닥치라니까.'

귀를 틀어막고 싶었지만 허주의 낄낄거리는 목소리는 계속해서 들려온다.

이성민은 옷을 입고서 몸을 일으켰다. 똥통에 처넣어버리겠다고 경고했음에도 허주는 멈추지 않았다.

연달아 질문을 쏟아내고 훈계하는 허주에게서는, 똥통에 빠지는 한이 있더라도 하고 싶은 말을 다 하고야 말겠다는 굳건한 의지마저 느껴졌다.

"일어났어?"

떠난 것이 아닐까.

그런 걱정을 조금 하기는 했다. 하지만 위지호연은 움막의 바깥에 있었다. 움막 바깥에 서 있는 위지호연은, 전날 밤에 입었던 여성복이 아닌 간편한 무복을 입고 있었다.

이성민은 아무렇지 않은 얼굴로 서 있는 위지호연을 보며 내심 안도의 한숨을 내쉬었다.

"왜 나와 있었어?"

"잠이 일찍 깼거든. 그리고 잠에서 깬 너와 알몸으로 저 안에서 마주 보는 것은 조금, 아니, 많이 부끄러울 것 같아서 말이다."

위지호연은 살짝 웃으면서 대답했다. 이성민은 찔끔하여 위지호연의 시선을 피했다.

설마 위지호연이 부끄러움에 대해 말할 것이라고는 생각하지 못했었다.

아니, 생각해 보면 당연한 일이다. 밤에 있었던 일은 위지호연에게 있어서 단 한 번도 겪어보지 않았던, 처음의 연속이었다.

"그게…… 어…… 괜찮아?"

"아니, 괜찮지 않아."

이성민의 질문에 위지호연이 눈가를 찌푸리며 대답했다.

"처음이어서 그런지 내 생각과는 많이 달랐다. 민망한 말이기는 하지만, 나는 그런 행위가 처음이었다. 혼자서 해본 적도 없고."

위지호연은 영 거추장스럽다는 듯이 다리를 살짝 벌렸다.

"이런 이야기는 들어본 적도 많지 않아. 어린 시절에 마교에서 기본적인 교육을 받아두기는 했다만, 내가 알았던 것은 어디까지나 이론이었지."

"그…… 렇군."

대체 어떤 이론 교육을 받은 것일까. 이성민은 내심 그것이 궁금했으나 묻지는 않았다.

"기대와는 달라서 실망했다. 쾌감보다는 아픔이 더 강했거든. 나도 아픔에는 익숙하지만, 밤에 내가 겪었던 아픔은 이전에 내가 겪었던 아픔들과는 여러 가지로 달랐어. 특히나…… 뭐라고 해야 할까. 내가 일방적으로 아픔을 겪는다는 상황이, 나는 잘 받아들여지지 않았다."

"그래……."

"조금 억울하다는 생각도 들었다. 왜 나만 아파야 하는 것이냐?"

그 말에는 도저히 대답할 말이 없었다. 이성민이 어쩔 줄 몰라 하며 입을 다물고 있자, 위지호연이 두 눈을 가늘게 뜨고서 이성민을 흘겨보았다.

"너는 아프지 않았겠지?"

"어…… 아프지는 않았어."

"그러니 억울한 것이다. 왜 나만 아파야 하는 것인지, 원. 다음에도 하게 된다면, 내가 아플 때마다 나도 너를 아프게 해야겠어."

그 말에 이성민의 머릿속에서 허주가 크게 웃음을 터뜨렸다.

[네가 못하니까 아프다고 하는 것이다. 그러니까 이 어르신의 말을 따라 아프지 않도록 불철주야 연습하도록 해라.]

'연습을 대체 어떻게 하라는 말이냐?'

[방법이야 다양하지. 가장 좋은 것은 실전이다만, 여기는 연

습할 만한 대상도 없으니…… 어쩔 수 없이 너 혼자서 허리 운동이나 해야겠구나.]

'별 미친…….'

그렇게 대답하기는 했지만, 이성민은 나름대로 진지하게 허주의 말을 듣고 있었다. 그러는 동안 다리를 몇 번 벌렸다가 오므린 위지호연이 이성민을 향해 말했다.

"나는 내 무공을 수행할 생각인데. 너는 어쩔 생각이냐?"

"나? 나도…… 수행은 해야지."

이성민은 떨떠름한 기분을 느끼며 대답했다. 바로 전날에 그런 일이 있었는데, 위지호연의 반응은 평소와 크게 다르지 않은 것 같았다.

말로는 부끄러워서 먼저 나왔다고는 하지만, 말만 그렇게 하고 태도 자체는 변하지 않았으니 기분이 묘했다.

[부끄러워서겠지. 아니면 자존심 때문이던가. 결국 소천마는 천상 무인이라는 것이다. 전날의 소천마가 소천마가 아닌 여자였다면, 지금은 아닌 것이야. 오히려 그편이 더 좋지 않으냐? 평소에는 외골수적인 무인인데 밤에는 부끄럼 많은 여자라. 이거 참, 너한테 아까운 여자로군.]

허주가 시시덕거리며 말했다.

[너도 마음을 제대로 먹어야 할 것이다. 너 자신의 재능이 소천마보다 못하다는 것은 너도 잘 아는 사실일 테고. 소천마

가 제대로 마음먹고 수행을 시작한다면, 이 어르신이 보기에는 반년이 되지 않아 네 경지를 추월할 것이다. 다시 소천마의 뒤를 쫓아가는 입장이 되고 싶지는 않겠지?]

아니다.

그에 대해서는 전날 확실하게 마음을 잡았다. 더 이상 위지호연의 뒤를 쫓아가고 싶지는 않았다.

그녀는 여전히 이성민에게 있어서 목표고, 동경이고, 이상이었지만 그렇다고 해서 손에 닿지 않는 거리까지 멀어져 바라만 보고 싶지는 않았다.

간신히 같은 자리에 섰다. 아니, 정확히 말하자면 같은 자리보다는 조금 앞선 곳에. 계속해서 위지호연보다 앞서고 싶다는 욕심을 부릴 생각은 없었지만, 뒤처지고 싶지는 않았다.

이성민은 가부좌를 틀고 앉았다. 사마련주에게 받은 자하신공. 본격적으로 그를 운용하려 하려는 순간. 이성민의 머릿속에서 사마련주의 목소리가 들려왔다.

[본좌가 있는 곳으로 와라.]

일방적인 말이었다. 전음으로 답하고 싶었으나 사마련주의 존재감은 잡히지 않았다. 결국 이성민은 앉았다가 다시 몸을 일으킬 수밖에 없었다.

"무슨 일이냐?"

주변에 강기의 꽃을 피워두고 미간을 찡그리고 있던 위지호연이 이성민에게 물었다. 그녀 역시 사마련주의 존재를 감지하지 못한 것은 똑같은 모양이었다.

"스승님이 불러서."

"다녀와라."

위지호연이 말했다. 다녀오라는 말에 이성민은 자신도 모르게 피식 웃어버렸다. 이성민은 몸을 돌려 위지호연의 움막 근처를 떠났다.

사마련주가 어디에 있는 것인지는 모르겠지만, 우선 사마련주의 오두막으로 가볼 생각이었다.

생각대로 오두막의 앞에는 사마련주가 서 있었다.

수다스러운 요정들 사이에서 삐딱한 자세로 서 있던 사마련주는, 이성민이 다가오자 요정들을 밀어내고 뒷짐을 지고 섰다.

이번에도 그는 새로운 가면을 쓰고 있었다.

"무슨 일이십니까?"

"소천마랑 했나?"

말을 걸자마자 사마련주는 대뜸 그것에 대해 물었다. 그 갑작스러운 질문에 이성민의 말문이 막혀 버렸다.

이성민이 뭐라 말을 하지 못하고 머뭇거리자, 사마련주가 코웃음을 치며 말했다.

"했겠지. 기막을 써서 소리도 차단하고 열심히 한 모양이지만, 본좌를 속일 수는 없다. 게다가 너와 소천마가 입을 맞추었다는 사실 또한 이 숲의 요정들 모두 알고 있다."

"……뭐 그럴 수도 있지요."

"아쉬운 일이군. 네가 소천마와 한 덕분에, 네가 할 수 있는 가능성 중 하나가 사라졌거든."

사마련주가 투덜거리면서 땅을 걷어찼다. 아무래도 정말 아쉬움을 느끼는 모양이었다.

"가능성? 무슨 말입니까?"

"동자공."

사마련주가 대답했다. 이성민의 머릿속에서 허주가 웃음을 터뜨렸다.

"네 몸을 살펴보았을 때, 본좌는 놀랍게도…… 네가 그 나이 처먹고도 동정이라는 사실을 알게 되었지. 남자로서 따진다면 조금 한심한 일이지만, 무인에게 있어서 동정이라는 것은 동자공이라는 훌륭한 무공의 가능성을 열어준다."

"아니 뭔…… 동자공을……."

"동자공을 우습게 보지 마라. 평생 동정을 지켜야 한다는 것이 굉장히 힘든 일이기는 하지만, 동자공은 익힌다면 굉장히 효율적이야. 다른 무공과 충돌하는 일도 없고. 본좌는 네 부족한 자질을 동자공으로 대신하려 했으나…… 흠. 네가 소천마와 몸을 섞어 버렸으니 그럴 수도 없게 되었군."

[야. 지금이다. 물어봐라.]

'뭘 물어보라는 거냐?'

[저놈이 동자공을 익혔는지, 안 익혔는지 물어보라고.]

허주가 법석을 떨며 질문을 재촉했다. 사실 이성민도 지금 사마련주가 하는 말을 들으니, 사마련주가 동자공을 익힌 것이 아닐까 궁금하기는 했다.

"스승님도 동자공을 익힌 겁니까?"

"뭐라는 거냐?"

이성민의 질문에 사마련주가 헛웃음을 흘렸다.

"본좌는 참 긴 시간을 살아왔지만, 네가 한 질문은 본좌가 여태까지 살면서 들어 왔던 다양한 말 중에서도 손에 꼽을 수 있을 정도의 개소리로구나. 동자공을 익혔느냐고? 미쳤느냐?"

"익히지 않았다는 겁니까?"

"당연히 안 익혔지. 익힐 필요도 느끼지 못했고. 본좌는 성욕이 그리 강한 편은 아니지만, 젊었을 때는 노는 것을 꽤 좋아했다."

[늙어서 안 서는 걸까?]

"안 서는 겁니까?"

"이런 미친놈이."

허주가 중얼거린 말을 이성민은 자신도 모르게 그대로 입으로 뱉어 버렸고, 사마련주의 목소리가 싸늘해졌다.

파직.

이성민의 눈앞에서 사마련주가 검은 전류를 튀기며 사라졌다. 이성민은 본능적으로 무슨 일이 벌어질 것인지를 알고서 급히 대응하려 했으나, 이성민이 움직이는 것보다 사마련주가 질풍신뢰로 이성민의 뒤를 잡는 것이 더 빨랐다.

짜악!

요란한 소리와 함께 이성민의 몸이 하늘을 날았다. 이번에도 그는 아픈 엉덩이를 부여잡고서 신음을 흘렸다.

"본좌가 남색 취향이 없는지라, 본좌의 것이 얼마나 잘 서고 훌륭한 것인지 너에게 보여줄 수 없는 것이 아쉽구나."

"왜 또 엉덩이를……!"

"스승에게 되먹지 못한 말을 하였는데 볼기짝 한 대만 때린 것을 감사하게 여기어라."

사마련주가 근엄한 목소리로 말했고, 허주가 이성민의 머릿속에서 미친 듯이 웃음을 흘렸다.

"눈치는 챘지만 네가 정말 소천마와 했는지 물어보고자 불렀던 것인데. 해버렸다니 동자공은 안 되겠구나. 다른 방법을 생각해야겠군."

"다른 방법이라면?"

"사실 방법은 얼마든지 있다. 단지…… 좀 그럴 뿐이지. 동자공도 그렇지만, 이치에 벗어난 힘과 효율을 얻기 위해서는 무언가를 포기해야만 한다."

"무엇을 포기하라는 말입니까?"

"규화보전이라는 무공은 아느냐?"

"그건 또 뭡니까."

"쉽게 말해서 네 남성성을 포기하는 것이다. 규화보전을 익힌다면 네 음경이 말라비틀어지고 끝내는 뚝 떨어지게 되지. 평생 남자도 여자도 아닌 꼴로 살아가야 하지만, 그 대신에 강력한 무공뿐만 아니라 부족한 자질도 대체할 수 있게 된다."

"싫습니다."

"그럴 줄 알았다."

[저 새끼도 규화보전을 익힌 것이 아닐까?]

이번에도 허주가 은근히 질문을 재촉했다. 하지만 이성민이 묻기도 전에, 사마련주가 알아서 대답해 주었다.

"본좌는 규화보전을 익히지 않았으니 괜한 질문은 하지 말거라."

"물어볼 생각도 없었습니다."

"퍽이나."

사마련주는 그렇게 투덜거리면서 널찍한 소매 안에 손을 집어넣었다. 그가 꺼낸 것은 다섯 개의 가면이었다.

"변검은 아나?"

"모릅니다."

"쉽게 말하자면 가면을 빠르게 바꿔 쓰는 것이지. 이렇게."

사마련주가 손을 움직인다. 쉭, 하는 소리와 함께 사마련주가 쓰고 있는 가면이 바뀌었다. 이성민은 눈을 가늘게 뜨고서 그를 지켜보았다. 인식할 수 없을 정도의 빠름이었다.

"본좌의 무공에서 중시하는 것은 속도다. 충분한 속도가 주어진다면 굳이 힘을 넣을 필요가 없으니까. 본좌의 흑뢰번천 또한 극한의 빠름을 추구하는 무공이다."

그것은 이성민도 느끼고 있었다. 흑뢰번천의 구결이 추가된 자하신공은 이전의 자하신공과는 비교도 할 수 없을 정도로 빠르다.

단전에서 내공과 요력을 일으키는 속도가 빨라진 덕에 강기를 일으키는 속도도 빨라졌고, 내공과 요력의 힘이 더해진 육체의 속도 또한 상승했다.

"이 다섯 개의 가면은 네가 가진 내공과 요력을 강제적으로 통제할 것이다. 너는 이 다섯 개의 가면을 바꾸어 쓰는 것을 연습하도록 해라."

"어느 정도나?"

"본좌가 만족할 수 있을 때까지. 쉽지는 않을 것이다. 본좌 역시 초월지경에 입문하고, 흑뢰번천을 창안했을 때에 변검을 통해 이런 수행을 하였으니까. 다른 수행 방법도 생각해 보았지만, 네 재능을 보건데…… 너무 심화적인 수행은 힘들 것 같고. 반복 수행이 답이라고 생각했다."

사마련주가 다섯 개의 가면을 던졌다. 이성민은 가면을 받으며 물었다.

"스승님이 지금 가면을 쓰고 있는 것 역시 수행입니까?"

"반은 맞고 반은 틀리지. 이 가면은 본좌의 존재감을 완전히 차단하면서 본좌의 내공을 억제하고 있다. 그것이 수행이고 나머지 반은, 단순히 내 취향이다. 소천마에게도 했던 말이지만, 가면을 쓰고 있으면 꽤 신비로워 보이지 않으냐? 쓸 수 있는 가면은 많으니까 기분 따라 고를 수도 있지. 요정들도 좋아하고."

사마련주가 으스대며 말했다. 단순 취향이라는 반을 제하고서, 수행의 일환이라는 나머지 반.

그 말에 이성민은 놀랄 수밖에 없었다. 내공을 억제한 가면을 쓰고 있음에도 사마련주의 움직임을 도저히 잡을 수 없었기 때문이었다.

"무식하게 내공만 들이붓는다고 하여 최고의 속도가 만들어지는 것은 아니다. 적은 내공으로 만족할 움직임을 만들어내는 것을 목표로 삼도록 해라."

사마련주는 그렇게 말하면서 한 걸음 뒤로 물러섰다.

"그리고 소천마랑 하는 것은 말리지는 않겠는데, 작작해라.

요정들이 보고 무슨 생각을 하겠느냐?"

"……예."

이성민은 얌전히 머리를 끄덕거렸다. 그것을 만족스레 본 뒤에, 사마련주는 질풍신뢰로 이성민의 눈앞에서 모습을 감추었다.

[작작하란다.]

'좀 닥쳐.'

허주가 놀려댔고, 이성민은 사마련주에게 받은 다섯 개의 가면을 들고서 위지호연의 움막 쪽으로 돌아왔다.

그리 오랜 시간이 걸리지 않은 탓일까.

위지호연은 이성민이 마지막으로 보았을 때와 마찬가지로 강기의 꽃봉오리 사이에 서 있었다.

두 눈을 감고 집중하고 있는 위지호연은 돌아온 이성민에게 아무런 질문도 하지 않았다.

돌아왔다는 것을 눈치채지 못한 것은 아닐 텐데, 아무래도 몰입하여 집중하는 중이라 말을 걸 여력이 없는 모양이었다.

이성민도 위지호연과 멀지 않은 곳에 주저앉았다. 그는 손에 들고 있는 가면을 내려 보았다.

각자 형태가 다른 가면이었지만, 솔직하게 말해서 그리 멋은 나지 않았다. 이성민은 토끼 모양의 가면을 들어 올리면서 미간을 찡그렸다.

'이게 뭐야?'

[요정들이 좋아하게 생겼군.]

허주의 말대로였다. 위지호연이 근처에 있어서 요정들은 섣불리 다가오지 않았지만, 멀찍이서 이성민이 들고 있는 가면을 보며 호들갑을 떨어대고 있었다.

[미간을 잘 봐라.]

허주가 무언가를 눈치채고 말을 걸었다. 이성민은 토끼 가면의 미간을 응시했다. 작게 1이라는 숫자가 쓰여 있었다.

'뭔지 알겠군.'

이성민은 다른 다섯 개의 가면을 보았다. 토끼, 여우, 사슴, 늑대, 곰. 동물의 얼굴을 우스꽝스럽게 본 딴 가면의 미간에는 각각 숫자가 쓰여 있었다.

토끼가 1, 곰이 5. 아무래도 가면을 바꾸어 쓰는 순서인 듯했다.

[한 번 써봐라.]

허주가 그렇게 말할 것도 없이 써보기는 할 생각이었다.

이성민은 1이라 쓰인 토끼의 가면을 써보았다. 쓴 즉시 반응이 왔다. 단전이 뻣뻣하게 굳어가는 기분이다. 내공을 한 번 끌어내어 보았지만 이전처럼 빠르지는 않았다.

하지만 크게 불편하지는 않았다. 어디까지나 미약하게 속도가 줄었을 뿐이다.

순서대로 가면을 바꾸어 써본다. 가면이 바뀔 때마다 내공의 억제가 강해진다. 세 번째인 사슴 가면을 썼을 때에는 생각보다 내공이 훨씬 느리게 움직였다. 당연히 가면을 바꾸어 쓰는 손의 움직임도 느려졌다.

쉽지 않다. 반복 수행이라고는 하지만 내공을 억제하면서 변검을 펼치는 수행의 난이도는 굉장히 높았다. 이성민은 이 수행이 흑뢰번천을 더한 자하신공의 성취를 크게 늘릴 수 있음을 확신했다.

지속적으로 자하신공을 운용해야만 했고, 폭발적인 속도를 만들어내는 흑뢰번천의 구결을 중시해야만 했다. 익숙하지 않은 것은 흑뢰번천 쪽이고, 내공이 억제되는 통에 만족스러운 속도도 만들어지지 않는다.

[놀라운 것은 가면 쪽이로군.]

허주가 중얼거렸다.

[저 가면은 단순히 쓰는 것만으로 네 몸을 강제로 억제하고 있다. 네가 흔해 빠진 수준도 아니고. 초월지경이라면 이 세상에서도 손에 꼽히는 강자인데 단순히 가면을 쓰는 것으로 내공을 억제할 수 있다는 것은 놀라운 일이다.]

'확실히.'

이성민은 마지막 가면인 곰의 가면을 써보았다. 곰의 가면을 쓰니 내공은 아무리 용을 써도 움직이지 않았다.

요력도 마찬가지였다. 단순히 얼굴에 쓰는 것이 전부. 그것만으로 초월지경에 오른 고수의 내공을 완전히 억제하고 있다.

방법을 찾아본다면 수행뿐만이 아니라 다른 일에도 얼마든지 사용할 수 있을 것이다.

[마법의 영역은 아닌 것 같은데. 이건…… 그렇군. 그 요정 여왕이 만든 것인가. 그렇게 생각하면 더 이상하단 말이야.]

허주가 킬킬 웃었다.

[정령의 여왕도 그렇지만, 요정의 여왕도. 그런 존재들은 인간과 아득히 거리가 있는, 격이 다른 존재들이다. 존재를 드러낸 것만으로 세상에 변화를 일으킬 수 있을 만한 존재들이란 말이지. 하기에 그들은 세상에 그리 개입하려 들지 않아.]

'정령의 여왕은 엔비루스를 구하기 위해 강림했었다.'

[자세한 내막까지는 알지 못하지만. 너도 요정의 여왕이 한 말은 듣지 않았느냐? 정령의 여왕은 이 세상에 강림해서는 안 되었어. 하지만 그때. 그, 엔비루스라는 마법사를 구하기 위해 현신해 버렸지.]

허주의 말을 들으면서 이성민은 말없이 가면을 어루만졌다.

[요정의 숲이라는 것. 이 어르신도 이야기만 들어 보았지, 요정의 숲이 대체 어디에 있는 것인지는 알지 못했다. 실제로 이 숲은 요정의 여왕의 권능을 통해 인지를 혼란시켜 숲의 틈에

자리하고 있지. 사마련주는 어떻게 이 숲을 알았던 것일까. 그리고 왜 요정의 여왕은 사마련주에게 저런 도움을 주는 것이지?]

둘의 관계는 확실히 의심스럽다. 요정의 여왕의 성격은 종잡을 수가 없었으나, 그녀가 사마련주에게 우호적이라는 것은 확실했다.

딱히 사마련주를 의심하는 것은 아니다. 오히려 의심이 가는 쪽은 요정의 여왕 쪽이다.

이성민은 요정의 여왕, 오슬라가 지난번에 자신에게 했던 말을 잊지 않고 있었다.

'어쩌면 나는 종언의 사도일지도 모른다.'

그런 생각에 당장 휘둘리고 싶은 마음은 없었다. 다만, 오슬라가 했던 말을 떠올려 본다.

나는 너에게 우호적이라는 말. 그때에는 상황도 상황이고 여러 가지 생각으로 머리가 복잡하여 마음에 두지 않았으나.

지금 와서 생각해 본다면. 오슬라가 한 말은 하나의 백지수표와 다름없는 것 아닌가.

그 말을 한 것은 모든 요정의 여왕이고, 인간과는 격이 다른, 진정한 의미에서 초월적인 존재인 요정의 여왕이다.

그녀가 말한 '호의적'이라는 것의 한계가 어디까지인지는 모르겠지만, 다음에 오슬라를 만나게 된다면 한 번 떠보는 것도 좋을 것 같았다.

[아주 바보는 아니로군.]

허주가 흐뭇하게 웃었다. 물론, 당장은 아니다. 우선은 사마련주가 말한 수행을 계속할 생각이었다.

해가 저물 즈음이 돼서야 위지호연이 움직였다. 그녀는 바닥에 앉아 변검을 연습하는 이성민에게 다가오더니 그 앞에 털썩 앉았다.

"사마련주는 어때?"

"엉덩이를 맞았어."

"……그건 또 무슨 말이냐?"

"내가 괜한 말을 했거든."

"그 가면. 사마련주가 준 것인가?"

"응."

이성민은 그렇게 대답해 주면서 위지호연에게 곰의 가면을 건네주었다. 머뭇거리며 가면을 쓴 위지호연은 놀라 움찔 어깨를 떨었다.

"……내공이 움직이지 않아."

"사마련주…… 스승님이 쓰고 있는 가면도 이런 가면이라더군."

"그래?"

이성민의 대답에 위지호연이 큭큭 웃으며 쓰고 있던 가면을 벗었다. 그녀는 씁쓸한 표정을 지으며 중얼거렸다.

"이런 가면을 쓴 상태로, 나와 비무해 나를 칠초만에 패배시켰다는 것이군."

표정은 좋지 않았으나, 위지호연의 목소리는 축 처져 있지 않았다.

오히려 사마련주가 자신의 힘을 억제하고 있었다는 것에 자극을 받은 것 같았다. 위지호연은 머리를 끄덕거리며 몸을 일으켰다.

"오늘은 안 할 거야."

"뭐?"

"교접 말이다."

위지호연이 태연한 목소리로 내뱉었고, 이성민은 뭘 먹은 것도 없는데 토할 것 같은 기분을 느꼈다.

"할 생각도 없었어."

"진심으로 하는 말이라면 조금 서운한걸."

이성민이 급히 대답하자, 위지호연이 샐쭉 두 눈을 휘어 보이면서 키득거렸다.

이성민은 위지호연의 진심을 알 수가 없어서 뭐라 반응하지 못했다. 위지호연은 그런 이성민을 보면서 풋 웃고서는 몸을 일으켰다.

"그래도, 오늘은 안 할 거라는 것은 진심이다. 네가 하고 싶다고 조르는 모습을 보고 싶기는 했지만."

"……아팠다고 했잖아?"

"아픈 것과는 별개로. 충족감 같은 것은 있었다. 하지만 오늘은 그럴 기분이 아니군. 저주에 걸린 덕에 시간을 무의미하게 날린 것 같은 기분이다. 네게 더 뒤처지고 싶지는 않아."

"금방 다시 멀어질 텐데."

"그러면 네가 다시 쫓아와야겠지."

위지호연이 웃으며 말했다. 사실이다. 위지호연은 계속해서 강해질 것이다.

그리고 이성민은 그녀가 강해지는 속도보다 많이 느리게 강해질 것이다. 어쩌면…… 느리다고도 할 수 없을 만큼. 뒤처지고 싶지 않았기 때문에, 이성민은 자신이 할 수 있는 모든 것을 할 생각이었다.

그 후로 위지호연과 이성민은 같은 숲, 같은 자리에 있었음에도 서로 간의 대화를 많이 나누지는 않았다.

위지호연은 그녀 나름대로 새로이 창안한 무공에 매진하였고, 이성민은 사마련주가 시켰던 대로 변검의 수행에 매진했다.

'이상해.'

변검의 수행을 거듭하면서, 이성민은 강렬한 위화감을 느끼고 있었다. 생각했던 것보다 변검에 익숙해지는 속도가 빠르다.

이성민은 자신의 재능도, 또 한계도 잘 알고 있었다. 처음 해본 수행이고, 자하신공을 변형시킨 것이라고는 하지만 사실 아예 다른 무공이라 봐도 좋을 텐데.

'진전이 빨라.'

고작해야 일주일이라는 시간이 흘렀다. 변검의 속도는 처음 시도했을 때와 비교할 수 없을 정도로 빨라져 있었다.

자하신공의 성취도 마찬가지였다. 특히 흑뢰번천의 구결이 추가된 부분은 이제 딱히 의식하지 않아도 될 정도로 연결이 자연스러웠다.

이성민은 생각했던 것 이상으로 빠른 진전에 당황을 느끼고 있었다.

[심장 때문인 것 같은데.]

일주일 동안 이성민의 몸을 살피던 허주가 나름의 답을 내려 주었다.

[네가 가진 괴물의 심장은, 네가 위기에 처할 때마다 네 육체를 진화시켜 왔지. 어쩌면 네 부족한 재능도 그 거듭된 진화를 통해 나아진 것일지도 모른다.]

물론 확신할 수는 없었다. 허주도 무조건 심장 덕이라고 하는 것은 너무 섣부르다는 것을 알았는지 말투가 애매했다.

[아니면, 심장 때문이 아니라 단순히 너라는 인간이 처음에 재능이 없던 시절보다 크게 발전한 것일지도 모르지. 사실 나

는 심장보다는 이쪽이 더 옳다고 생각한다. 그래도 초월지경의 경지에 올랐는데, 무공을 처음 익혔을 때의 머저리 같음은 훨씬 줄었을 것 아니냐. 이 경지까지 도달하면서 네가 쌓은 경험도 있을 테고.]

정확히 어느 쪽이 옳은 것인지는 이성민도 알 수가 없었으나, 생각했던 것보다 흑뢰번천을 익히는 속도가 빠르다는 것은 좋은 일이었다.

물론, 이성민의 재능이 나아졌다고 하여도 위지호연과 비교는 되지 않았다.

일주일. 서로가 똑같은 시간을 사용했고, 새로운 무공에 매진했다.

하지만 위지호연의 성장 속도는 이성민이 보기에도 경악스러웠다.

부조리할 정도의 천재.

많은 이들이 위지호연을 보고 했던 말이었고, 이성민도 그것을 뼈저리게 느끼고 있었다.

"변검을 해봐라."

사마련주의 호출을 받은 이성민은 그의 오두막 앞에서 다섯 개의 가면을 꺼냈다.

사마련주는 뒷짐을 지고 서서 이성민에게 변검을 할 것을 요구했고, 이성민은 주저하지 않고 재빠르게 손을 움직였다. 가장 먼저 토끼의 가면이 쓰였다.

"순서대로 합니까?"

"해봐."

이성민의 손이 계속해서 움직였다. 소리도 없이 이성민이 쓰고 있는 가면이 바뀐다.

토끼에서 곰까지. 그것을 끝까지 보고 나서, 사마련주가 입을 열었다.

"순서대로 하지 말고 섞어서 해봐라. 순서를 제시하지는 않겠다만."

그 말에도 이성민은 어렵지 않게 변검을 계속했다. 토끼가 곰이 되고, 곰이 여우가 되고, 여우에서 늑대로, 늑대에서 토끼로.

변칙을 넣은 만큼 내공의 통제는 오락가락이 된다. 순서대로 하는 것보다 변칙을 넣는 것이 훨씬 까다롭다.

"본좌가 너를 잘못 보았군."

사마련주는 그렇게 중얼거리며 손을 들어 올렸다. 이성민의 변검이 멈추었다.

"본좌가 만족할 만한 수준에 도달하는 것에 최소 한 달은 예상했는데. 일주일 만에 여기까지 해낼 줄이야."

"……마음에 들지 않는 겁니까?"

이성민은 혹시나 싶어서 물었다. 사마련주가 말했던, '발악하는 범재가 좋다'라는 말이 마음에 걸렸기 때문이다. 사마련주는 이성민의 질문에 피식 웃음을 흘렸다.

"아니, 마음에 들지 않는 것은 아니다. 생각했던 것보다 낫기는 했다만 천재적이라고 할 정도는 아니니까. 오히려 네 수준은 인간답다고 생각한다. 정신세계에서 2,100년을 수행했는데, 타고난 재능이 아무리 부족하여도 여태까지 해온 것이 있으니 이 정도는 해줘야지."

사마련주가 머리를 끄덕거리며 답했다.

"내공을 억제하는 가면을 씌우고, 네게 변검을 연습하라 한 것은 두 가지의 의미가 있다. 하나는 억제된 내공으로 최선의 효율을 뽑아내기 위함이고, 그를 통해 자하신공과 흑뢰번천에 익숙해지게 만들기 위해서. 이것은 너도 알겠지."

"예."

"다른 하나는, 네가 먹었다는 드래곤 하트 때문이다."

그 말에 이성민의 표정이 굳었다.

"넌 드래곤 하트를 먹어 무의식적으로 드래곤의 프레셔를 사용하고 있다. 하지만 그 외에 특별한 것은 없어."

"예."

"가면으로 네 단전에 있는 요력과 내공을 통제하고, 그것을 계속한다면 네 육체 자체에 녹아 있는 드래곤 하트의 마력을 끌어낼 수 있을 것이라 생각했다. 그 미증유의 힘을 육체에 재워두고서 쓰지 못하는 것은 너무 아까운 일 아니냐."

사마련주는 그렇게 말하면서 소매 안에 손을 집어넣었다. 사마련주가 새로 꺼낸 것은 일그러진 귀신의 얼굴 형상을 한 가면이었다.

"일주일만으로 드래곤 하트의 마력을 끌어내는 것은 무리였던 모양이로군. 앞으로 이 가면을 쓰고 지내도록 해라."

"그것도 요정의 여왕이 만들어준 겁니까?"

"잘 아는군."

이성민의 질문에 사마련주가 피식 웃으며 머리를 끄덕거렸다. 이성민은 사마련주가 건넨 가면을 받으면서 조심스레 질문했다.

"스승님과 요정의 여왕은 어떤 관계입니까?"

이런 것을 물어보았다고 엉덩이를 맞지는 않겠지. 이성민은 내심 그런 걱정을 했다.

"친구."

이성민이 걱정했던 것과는 다르게, 사마련주는 이성민의 볼기짝을 두드리지는 않았다. 그는 나름대로 진지한 태도를 고수하면서 대답해 주었다.

"혹은 협력자라고도 할 수 있겠군."

"협력자?"

"서로가 서로에게 협력하고 있다. 본좌는 오슬라와 오래전에 하나의 약속을 했고, 그 약속을 이행하는 대가로 오슬라는 약속이 이행되기 전까지 본좌에게 협력하기로 했다."

사마련주는 그렇게 말하면서 손가락을 들어 이성민이 들고 있는 귀신의 가면을 가리켰다.

"가면을 만들어주는 것 역시 오슬라가 해주는 협력의 일부지. 대마법사조차 만들어낼 수 없는 가면이지만, 요정의 여왕에게는 그리 어려운 일이 아니다. 인간의 힘이라는 것은 그 이상의 격을 가진 존재에게는 그리 의미가 없는 것이니."

"그런 요정의 여왕이 스승님과 대체 무엇을 약속한 겁니까?"

"그것에 대해서는 알려줄 수가 없군. 너를 믿지 못해서는 아니다. 단지, 이 약속에는 내 목숨을 걸고 함구할 조건이 붙어 있기 때문이지."

사마련주는 그렇게 말하면서 어깨를 으쓱거렸다.

"궁금한 것이 꽤 많은 모양이로군. 네 궁금증은 너 자신의 것이냐? 아니면 네게 붙어 있는 대요괴의 것이냐?"

[예리한 질문이군.]

"둘 다입니다."

허주가 중얼거렸고, 이성민이 대답했다. 이성민도 오슬라와 사마련주의 관계가 궁금했기 때문이었다.

"허주가 말하기를, 자신이 살아 있을 적에도 요정의 숲에 대해서 들어는 보았어도 정확한 위치는 모른다고 했습니다."

"그렇겠지. 이곳은 은밀하고 신비로운 곳이다. 본좌가 이곳에 올 수 있었던 것은…… 흠. 우연이라고 말하지는 못하겠군."

"그럼 대체 뭡니까?"

"오슬라가 아닌, 인간을 초월한 존재에게 이곳에 가라는 말을 들었다. 아주 오래전이야."

"오래전……?"

"본좌는 긴 세월을 살아왔다. 백 년 전쯤에 이 숲의 존재를 알게 되어 이곳에 오게 되었지. 그리고 네게 붙어 있는 허주라는 요괴가 살아 있을 적에도 본좌는 살아 있었어."

그 말에 이성민은 놀랄 수밖에 없었다. 사마련주의 말이 사실이라면, 그는 인간이면서도 이미 300년이라는 긴 시간을 살아왔다는 것이기 때문이다. 이성민의 놀람에 사마련주가 껄껄 웃음을 흘렸다.

"뭘 그리 놀라나. 본좌 정도의 고수라면 인간의 수명은 이미 의미가 없는 것인데. 말은 이렇게 하여도 그 대요괴가 죽음을 맞았을 때에 본좌는 열 살도 안 된 어린 나이였지만 말이다. 그리고 본좌뿐만이 아니라 무당의 검선, 천외천의 무신도 비슷한 세월을 살아왔다. 뭐, 그것이 중요한 것은 아니지. 본좌에게 요정의 숲에 가 오슬라를 만나라 알려 준 것은 드래곤이었다."

"예?"

그 말에 이성민은 이전보다 더욱 놀랄 수밖에 없었다.

이성민이 아는 한, 드래곤은 삼백 년 전부터 세상에 모습을 보이지 않았다.

그런데 사마련주는 드래곤이 세상에 출현하지 않던 시기인 백 년 전에 드래곤에게서 요정의 숲에 대해 들었다고 말하고 있는 것이다.

"그들이 왜 나를 찾아왔는지, 왜 하필 나였는지. 본좌는 그런 것까지는 알지 못한다. 갑작스레 찾아온 그 드래곤은, 본좌에게 레그로 숲에 가서 요정을 만나게 해달라 부탁했지. 딱히 거절할 이유도 없었거니와, 본좌도 요정이라는 신비로운 존재가 제법 흥미로웠거든. 그것이 전부다. 드래곤에 의해 본좌는 이곳에 왔고, 오슬라를 만났다. 오슬라는 본좌를 경계하지는 않았다. 미리 이야기가 되어 있던 모양이더군."

사마련주는 그렇게 중얼거리며 천천히 주변을 둘러보았다.

"본좌는 이 숲이 마음에 들었다. 요정은 거짓말을 하지 않는다. 그들이 하는 장난에 악의는 없어. 인간과는 다르지. 그래서 백 년 동안 이 숲에 은거하듯 살았다. 정 세상에 모습을 보여야 할 때에는 오슬라의 도움을 받았지."

"……암존의 앞에 나타났던 것도 여왕의 도움이었나?"

"그렇지. 그녀가 사용하는 것은 마법을 아득히 초월한 신비다. 오슬라의 도움을 통해, 본좌는 요정의 숲에 있으면서 필요한 상황에 이곳이 아닌 다른 공간에 본좌의 모습을 보일 수 있게 되었지. 그래 봤자 분신이고, 만족스러운 힘을 낼 수는 없다만. 그것으로 충분해. 본좌가 여태까지 살아오며 쌓은 힘과 이름의 무게는 모습만으로도 대부분의 이들을 물러서게 만들 수 있으니까."

그 말대로다. 암존은 사마련주가 자신의 앞에 나타난 순간부터 사마련주에게 두려움을 품고 있었다.

초월지경의 고수인 암존조차도 사마련주의 모습에 겁을 먹었으니, 그보다 못한 이들은 말할 것도 없을 것이다.

"그 외에도 많은 것들에 오슬라의 도움을 받았다. 루베스의 사마련 지부장을 본좌의 심령과 연결할 수 있었던 것도 오슬라의 도움이었지. 그건 아주 편해. 굳이 본좌가 직접 움직일 필요도 없고. 본좌가 이곳에 있으면서도 사마련을 완전히 손안에 둘 수 있으니까."

사마련주는 큭큭 웃으면서 다시 소매 안에 손을 집어넣었다.

"오슬라는 너에게 꽤 호의를 가지고 있는 것 같더구나. 솔직히 본좌는 그녀가 너에게 왜 호의를 가지는지는 알지 못한다. 하지만, 그것이 대단한 행운이라는 것은 알아두어라. 그녀의 호의가 대체 너에게 어디까지를 허락할지는 모르는 일이다만."

그렇게 말하며 사마련주가 꺼낸 것은 새로운 무공서였다. 던진 것을 받아 확인해 보니, 백소고에게 배운 무영탈혼이었다.

"심법을 뜯어고치는 것보다 그 보법을 고치는 것이 더욱 재미있었다."

사마련주가 빙긋 웃으며 말했다.

"말했듯이, 본좌의 흑뢰번천은 극쾌를 추구하는 무공이다. 그렇기에 이 보법과 꽤 잘 맞았다."

이성민은 무영탈혼의 무공서를 펼쳐보았다. 본래 무영탈혼은 총 여섯 개의 보법으로 이루어져 있다.

일보무흔, 일보무영, 이보겁살, 이보유련, 삼보필살, 사보광란. 그 여섯 개의 보법에 흑뢰번천이 추가되어 있었다.

그것뿐만이 아니었다. 마지막 보법이었던 사보광란의 뒤에 두 개의 보법이 더 추가되어 있었다.

그중 하나는 사마련주가 곧잘 보여주었던 흑뢰번천의 질풍신뢰였다.

사마련주는 이성민이 질풍신뢰의 구결을 빤히 보는 것을 보며 히죽 웃었다.

"본좌의 무공 중에서 그게 제일 좋아 보이더냐?"

"예."

이성민은 솔직하게 대답했다. 그는 사마련주의 모든 무공을 본 적은 없었으나, 가장 많이 보았던 질풍신뢰는 볼 때마다 감탄할 수밖에 없었다.

그것은 이형환위 같은 것과는 격이 다르다. 공간 자체에서 모습을 감추고 다른 공간에서 모습을 드러내는 것이 질풍신뢰다. 그 경지의 무공은 이미 무공이라고 할 수 없었다.

“질풍신뢰를 만족스럽게 펼치려면 초월지경의 심득을 깊이 이해하고 있어야만 한다. 단순히 반복 수행이던 변검과는 난이도가 다르다.”

“알고 있습니다.”

“알기만 하면 뭐하나. 해봐야지. 그리고…….”

사마련주는 손을 들어 이성민이 들고 있는 가면을 가리켰다.

“무공을 수행할 때에는 가면을 쓰지 않아도 좋다만. 그 외에는 계속해서 가면을 쓰고 있도록 해라.”

“알겠습니다.”

내력과 요력이 통제되기는 하겠지만, 무공 수행 중에는 가면을 벗어도 좋다고 하였으니 수행에 문제는 없을 것이다.

굳이 의식하지 않아도 가면을 쓰고 있는 것만으로 몸 안에 잠든 드래곤 하트의 마력이 깨어날 수 있다면 그것은 이성민도 바라는 바였다.

수행의 형태가 바뀌었다. 이성민은 위지호연의 움막으로 돌아와 흑뢰번천이 가미된 무영탈혼의 수행에 매진했다.

사마련주가 경고했던 대로, 무영탈혼의 수행은 변검 수행과는 비교가 안 될 정도로 힘들었다.

이전보다 나아진 이성민의 재능으로써도 변형된 무영탈혼을 만족스레 펼치는 것은 불가능했다.

그것에 절망하지는 않았다. 스스로 부족하다는 것은 잘 알고 있기 때문이었다. 그런 것에 대한 절망은 이미 오래전에 수없이 하였고, 인정했다.

비록 서로가 다른 것을 수행하고 있다 하여도, 위지호연과 같은 공간에서 수행하고 있다는 것은 이성민을 즐겁게 만들었다.

무영탈혼의 뒤에는 흑뢰번천이 가미된 구천무극창의 무공서를 받았다.

구천무극창 역시 이전의 초식이 상당히 변형되어 있었다. 그것으로 이성민은 사마련주에게 모든 것을 전수 받았다.

자하신공, 무영탈혼, 구천무극창. 광천마의 혈환신마공을 제외한 세 개 무공에 흑뢰번천의 모든 것이 담겼다.

"일 년이다."

구천무극창을 건네주면서, 사마련주가 말했다.

"더 늦어도 상관은 없다만, 그래도 기한을 잡아 두는 편이 네가 더욱 매진할 수 있겠지."

"일 년 뒤에 이 숲을 나가는 겁니까?"

"너 혼자만. 본좌는 숲을 나가지 않는다. 나갈 필요가 없으니까."

"나 혼자…… 어디로 가는 겁니까?"

"사마련."

사마련주가 즉답했다.

"너는 본좌의 제자가 되었고, 본좌는 네게 흑뢰번천과 본좌의 모든 심득을 전수했다. 일 년 뒤에 너는 사마련을 찾아가 본좌의 제자가 되었음을 알리고, 정식으로 본좌의 후계자가 되었음을 인정받도록 해라."

그 말에 이성민은 굳은 표정이 되었다. 사마련주의 제자가 되었다고는 하지만, 그 사실에 대해서는 사마련주와 위지호연을 제외한다면 아무도 모르고 있다.

이성민은 레그로 숲에서 지내는 동안 에레브리사를 통해 꾸준히 바깥의 정보를 듣고 있었다.

많은 것을 알게 되었다. 백소고가 므쉬의 산으로 들어가고서 아직까지 세상에 모습을 보이지 않았다는 것.

적색 마탑주인 스칼렛이 루베스에서 잘 지내고 있다는 것.

남궁세가를 떠난 남궁희원이 추적을 뿌리치고 무림맹 쪽으로 향하고 있다는 것.

가장 신경 쓰였던 것은 자신, 귀창에 대한 소문이었으나. C급 용병의 행세를 한 것이 유효하였는지 귀창에 대한 소문은 그리 나돌지 않고 있었다.

하지만 이성민이 사마련으로 향한다면. 많은 것이 바뀌게 될 것이다.

한동안 모습을 보이지 않았던 귀창이 사마련주의 제자가 되었다는 것도 알려질 테고. 만약 그렇게 된다면 무림맹과 정면으로 충돌할지도 모르는 일이다.

"무림맹이 나를 추격하면 어찌합니까?"

"그건 네가 알아서 해야지. 본좌는 너에게 사마련이라는 배경을 주었다. 그 배경을 네 것으로 하기 위해서는 너도 그만한 행동을 해야 하지 않겠느냐."

"나 혼자 무림맹과 싸우라는 겁니까?"

"그건 네가 스스로 생각하고 판단하도록 해라. 사마련 쪽에 본좌가 이야기를 해두기는 하겠다만. 아마 쉬운 여정은 아닐 것이다. 그리고…… 크게 문제 될 것은 없다 본다만."

사마련주가 피식 웃었다.

"너는 소천마와 함께 이 숲을 떠날 생각 아니었나?"

이성민은 천천히 머리를 끄덕거렸다.

언제까지고 위지호연과 이 숲에서 남아 있을 생각은 없었다. 때가 된다면, 둘이 함께 이 숲을 나간다.

위지호연은 사마련에 들어올 생각은 전혀 없어 보였지만, 이성민과 함께 숲을 떠난다는 것 자체는 이미 동의하고 있었다.

"기한을 일 년으로 두기는 하였지만, 네 실력이 본좌가 보기에 그리 만족스럽지 않다면 내보내지는 않을 생각이다."

"어느 정도가 되어야 스승님이 만족한다는 겁니까?"

"어디서 맞아 죽지 않을 정도는 되어야지."

사마련주의 말에 이성민은 대체 어떤 표정을 지어야 하는지 고민할 수밖에 없었다. 어린아이 취급당하고는 있지만 이성민도 초월지경에 오른 고수다.

하지만 마냥 불만스러워 할 수는 없었다. 천외천과 무림맹의 적이 되었으니 그들에게 죽지 않을 정도의 무력을 갖춰 두어야만 했다.

"알겠습니다."

결국 이성민은 머리를 깊이 숙이며 대답했다. 일 년. 일 년 뒤에 이 숲을 나가는 것을 목표로 삼는다.

그 시간을 생각하면서, 이성민은 문득 떠오르는 것이 있었다.

'……일 년 뒤라.'

슬슬 가까워지고 있다.

전생에 이성민은 27살에 죽음을 맞았다. 지금 이성민의 나이는 25살이고, 일 년 뒤에 이 숲을 나간다면 26살이 된다.

'그 던전.'

모든 것이 거기서부터 시작되었다.

27살, C급 용병이었을 때. 우연히 발견했던 던전. 그 던전의 위치는 정확하게 기억하고 있다. 어떤 날이었는지도 기억한다. 기억할 수밖에 없었다.

자신이 죽은 날이니까.

'한 번 가봐야겠어.'

죽음의 순간에서 들었던 말은 기억하고 있다. 이후로는 전생의 돌을 사용할 수가 없다.

이번의 던전에서 전생의 돌을 발견한다고 해도, 후에 죽게 되었을 때에 과거로 돌아가는 일은 없다.

그것을 알고 있었지만, 그래도 이성민은 그 던전에 가볼 생각이었다.

그곳에서 모든 것이 시작되었으니까.

"아무래도 서로의 입장이 다르잖아."

불쑥 위지호연이 말했다.

이성민은 머리 위에 쓰고 있는 삿갓을 손끝으로 올리며 위지호연을 보았다.

맞은편에 앉은 위지호연은 심드렁한 얼굴을 하고서 팔짱을 끼고 있었다. 짧은 침묵이 지난 뒤에 점원이 음식을 가져왔다.

간단한 요깃거리들을 식탁 위에 놓으면서, 점원은 이성민 쪽을 힐긋 보았다.

시선을 줄 만했다. 이성민은 커다란 삿갓 아래에 흉측한 귀신의 가면을 쓰고 있었다.

점원은 가면으로 얼굴을 가리고 있는 이성민을 계속해서 힐긋거린 뒤에야 모든 요리를 내려놓고서 물러갔다.

팔짱을 끼고 앉아 있던 위지호연은 이성민의 가면을 보면서 투덜거렸다.

"숲 밖에서도 쓰고 다녀야 한다니. 괜한 시선만 끌리잖나."

"먹을 때는 벗으니까 괜찮아."

이성민은 그렇게 대답하며 쓰고 있는 가면을 벗었다. 가면을 벗자 꽉 죄어져 있던 단전이 풀린다.

하지만 내력과 요력은 조금도 겉으로 드러나지 않는다.

위지호연은 차분하게 가라앉은 이성민의 두 눈을 보면서 따끈한 김이 올라오는 소면 그릇을 자기 쪽으로 당겼다.

"소면은 오랜만이네."

"그렇지. 레그로 숲에서 이런 음식은 먹지 않았으니까."

이성민도 젓가락을 들었다. 서로의 입장이 다르다. 위지호연이 처음에 했던 말에, 이성민은 아직 대답하지 않았다. 위지호연도 대답을 재촉하지는 않았다.

"입장이 다르다는 것은 나도 이해하고 있어."

맑은 국물을 몇 번 숟가락으로 떠서 마시고, 잘 풀어진 국수를 먹는다.

이런 음식을 먹는 것은 오랜만이다. 그렇다고 특별히 감회에 젖지는 않았다.

숲을 나오고서 처음 들린 식당이었고, 식당을 선정하는 것에 큰 기준은 두지 않았다. 그냥 가장 먼저 보였던 식당이라 들어왔을 뿐이다.

"나는 사마련주의 제자고. 이제 사마련으로 가서 정식 후계자가 되었음을 알리고 인정을 받아야 해. 하지만 너는 사마련에 들어가는 것을 거부하고 있지."

"그러고 싶은 마음이 없으니까."

위지호연이 대답했다.

"사마련주가 위대한 무인이라는 것은 나도 인정한다. 하지만 그의 아래에 들어가고 싶지는 않아."

"나와 함께라도?"

"싫어."

위지호연은 일말의 고민도 없이 대답했고, 이성민은 그 대답에 서운함을 느끼지는 않았다.

이미 일 년 동안 위지호연과 함께 지내면서 이 일에 대해 많은 이야기를 나누었다.

이성민은 위지호연을 억지로 납득시키고 싶은 마음은 가지고 있지 않았다.

"그렇다면 어쩔 수 없겠는데."

"아무렇지도 않다는 것이냐?"

"그럴 리가 없잖아. 다만, 너를 내 마음대로 하고 싶지 않을 뿐이야. 너도 그러는 것은 싫잖아."

이성민의 대답에 위지호연이 피식 웃었다.

"임신이라도 했다면 어쩔 수 없이 너와 함께 갔겠다만."

"안 되는 것은 어쩔 수 없지. 무공이 아무리 뛰어나도 안 되는 것은 안 되는 거야."

이성민의 대답에 위지호연이 깔깔거리며 웃었다.

"태연하게도 대답하는구나. 예전에는 꽤 부끄러워했던 것 같은데."

"일 년이면 부끄러움을 극복하기에 충분한 시간이라고 생각해."

"귀여운 맛이 적어졌어."

"그래? 나는 아직 네가 귀여운데."

"그런 말을 들으면 내가 얼굴이라도 붉힐 것 같으냐?"

이성민이 웃으며 한 말에 위지호연은 코웃음을 쳤다. 딱히 그런 것을 기대한 것은 아닌데. 이성민은 그런 생각을 하면서 식사를 계속했다.

"나와 헤어진다면, 뭘 할 생각인데?"

"다시 여행을 하겠지."

그렇게 대답하는 위지호연의 목소리는 담담했다. 그녀는 동요 없는 눈으로 이성민을 보며 말을 계속했다.

"세상이 넓다는 것을 알았으니까. 나보다 뛰어난 고수가 더 있을지도 모르고."

"여행은 나랑 하면 되잖아."

"사마련에 들어갈 생각은 없다니까."

"사마련에 들어오라고 말하는 것이 아니야. 그냥, 나랑 함께 있자는 거지. 사마련의 일을 너에게 강요할 생각은 없어."

"말이야 쉽지."

이성민의 말에 위지호연이 헛웃음을 흘렸다.

"그게 그렇게 될 리가 없다는 것쯤은 너도 알고 있잖나. 내가 무명소졸인 것도 아니고. 내가 사마련주의 제자인 너와 함께 있다는 것을 세상이 어떻게 받아들일 것 같나?"

"좋게 보지는 않겠지."

"알면서 묻는 것이냐?"

"그만큼 너와 함께 있고 싶으니까."

평온한 얼굴로 한 말이었다. 그래서 오히려 뻔뻔스럽게 들렸다. 그 위지호연조차도 순간 말문이 막혀 먹는 것을 멈추고 이성민을 빤히 보았다.

"……부끄러운 말을 하는군."

"싫으면 안 할게."

"싫다고 한 적은 없어."

위지호연은 흠, 하고 헛기침을 하고서 머리를 살짝 뒤로 뺐다. 다시 잠깐의 침묵이 지나고, 위지호연은 한숨을 쉬며 머리를 가로저었다.

"……떠나기는 할 거야."

"단순히 여행을 하고 싶은 것이라면 떠날 필요까지는 없잖아."

"그게…… 전부는 아니다. 나는, 시험해 보고 싶다. 내가 그 숲에서 얻은 것들. 거듭된 패배로 얻은 것들. 그를 통해 내가 얼마나 바뀌었는지."

애매한 말이었다. 위지호연으로서도 전부를 말하고 싶지 않은 모양이었다. 아니면 아직까지 명확한 목표를 만들어내지 못했던가.

이성민은 그를 이해하고서 천천히 머리를 끄덕거렸다. 아쉬움이 없는 것은 아니다. 하지만 그는 위지호연의 선택을 존중해 주고 싶었다.

"당장 떠날 생각인가?"

이성민은 젓가락을 내려놓았다. 그리 배가 고프지도 않았기에, 더 이상 먹을 필요가 없었다.

그것은 위지호연도 마찬가지였다. 위지호연은 내려놓은 젓가락을 응시하다가 머리를 끄덕거렸다.

"응."

"그렇게 급하게 떠날 이유가 있나?"

"……있어."

뭔가가 있다. 이성민은 벗어 두었던 귀신의 가면을 다시 얼굴에 썼다. 일 년 전부터 쓰고 있는 가면이다.

처음에는 무공을 수행할 때에는 가면을 벗었지만, 반년 전부터는 무공을 수행할 때에도 가면을 착용했다.

지금에 와서는 가면을 벗는 순간은 음식을 먹을 때뿐이다. 익숙한 착용감과 함께 단전이 얼어붙는다. 내공과 요력이 꽉 붙들리고 이성민의 마음은 더욱 고요하게 가라앉았다.

"나한테 말하지 못할 이유인가?"

이성민이 질문했고, 위지호연은 다시 침묵을 가졌다. 잦은 침묵으로 대화가 드문드문 끊어진다.

그 침묵을 어색하게 느끼지는 않았다. 이성민은 재촉 없이 위지호연의 대답을 기다렸다.

"개인적인 일이다."

위지호연이 대답했다.

"최근에 꿈을 꾸었다. 잡스러운 꿈이라고 생각할 수가 없는 꿈이었어. 매일 똑같은 꿈을 꾸었거든."

"언제부터지?"

"일주일 전부터."

"내 옆에서 잠을 잘 때부터 꾸었다는 것인데. 왜 나한테 말하지 않았던 거야?"

"생각의 정리가 필요했다."

"그래서. 무슨 꿈이었지?"

"안개."

위지호연이 눈살을 찌푸리며 중얼거렸다.

"애매한 꿈이야. 나는 안갯속을 헤매고 있었고…… 내 주변에는 아무도 없었지. 아무도. 꿈이라는 것을 알았지만, 그렇다고 해서 내가 꿈속에서 무언가를 할 수는 없었다."

"네 말대로 애매한 꿈인데. 그렇다고 해서 나와 헤어져야 할 필요는 없지 않나?"

"그럴지도 모르겠지만, 내가 신경 쓰여서 안 되겠어. 꿈속에서 나 혼자뿐이었다는 것도 신경 쓰이고."

그렇게 말하고서, 위지호연은 관자놀이를 꾹 눌렀다.

"너도 네 볼일이 있지 않으냐. 오히려 잘 되었다고 생각해. 당장만이라도 너는 네 길을 가고, 나는 내 길을 가는 거야. 어차피 우리는 다시 만나게 될 테니까."

다시 만나게 된다는 것을 위지호연은 힘을 주어 말했다.

음식의 값을 치르고서 식당을 나왔다. 이성민은 삿갓을 내려 자신의 얼굴을 가렸다.

가면을 쓴 얼굴을 보이고 싶지 않았기 때문이다. 식당의 앞에서, 위지호연은 움직이지 않고 이성민을 보았다.

"얼마나 시간이 걸릴지 모르겠으니, 언제 다시 만나자고 약속을 잡는 것도 애매하군. 그러니까…… 내 볼일이 끝난다면, 내가 너를 찾아가마. 아마 그편이 빠를 것 같으니까."

"아쉽지는 않나?"

"내가 뭐라고 대답할지 뻔히 알면서 물어보지 마."

위지호연이 내뱉었다. 그녀가 성큼성큼 다가오더니 이성민의 어깨를 잡았다. 그녀는 가면의 눈구멍 안으로 보이는 이성민의 두 눈을 노려보았다.

"당연히 보고 싶을 것이고, 짧게라도 헤어지는 것은 싫어. 그러니까 잊지 말고 기억해. 너는 내 모든 처음을 가져갔으니까, 절대로 잊어서는 안 돼."

"잊지 않아."

"당연히 그래야지. 잊는다면 내가 너를 죽여 버릴 거니까."

"친구한테 하는 말치고는 너무 과격한 것 아닌가?"

이성민은 오래전에 위지호연이 했던 말을 떠올리며 웃으며 답했다.

하지만 위지호연은 웃지 않았다. 그녀는 이성민의 눈을 노려보며 말을 계속했다.

"친구한테는 하는 말이 아니라 '너'한테 하는 말이야. 내 모든 처음을 가져간 너한테. ……뭐, 다른 여자를 만나지 말라고 하는 것은 아니다만. 네가 내 처음이 되었듯이, 너도 나를 처음으로 여겨야 해. 알았나?"

"알겠어."

이성민의 대답에 위지호연은 강하게 잡고 있던 이성민의 어깨를 놓았다.

그러자 이성민이 위지호연의 어깨를 잡았다. 그는 한 손으로 얼굴에 쓰고 있던 가면을 벗은 뒤에, 위지호연에게 입을 맞추었다.

"네가 찾아오는 날을 기다리고 있을게."

짧은 입맞춤 끝에 작게 중얼거리는 말에 위지호연의 눈동자가 살짝 흔들렸다.

이성민의 위지호연의 귀가 조금 붉게 변하는 것을 보았다. 위지호연은 몇 걸음 뒤로 물러서며 한숨을 내쉬었다.

"미련을 갖게 하는구나."

"그렇다면 떠나지 않으면 되잖아."

"조르지…… 마."

위지호연이 작은 목소리로 대답했다.

"오래 걸리지 않을 거야. 응, 아마도. 확신은 못 하겠지만. 오래 걸리는 일이라도 오래 걸리지 않도록 만들겠어."

꾸욱.

위지호연이 주먹을 쥐며 중얼거렸다. 그녀는 그렇게 말하고서 표정을 가다듬었다.

의식적으로 미련을 떨쳐내듯, 무시하듯이.

그런 뒤에 위지호연은 12년 전에 제나비스에서 헤어질 때와 같은 미소를 지었다.

"다음에 보자."

"그래."

붙잡지 않는다. 잡고 싶은 마음은 있다. 가지 말라고 말하고 싶었다. 하지만 해서는 안 된다. 이성민도 마주 웃어주며 위지호연에게 말했다.

"다음에 보자."

위지호연은 몸을 돌려 경공을 펼쳤다. 그녀는 단숨에 이성민의 시야에서 벗어나고, 그가 인식할 수 있는 공간에서 벗어났다.

순식간에 멀어진 위지호연은 작은 점이 되어 시야의 끝에서 흔들렸다. 이성민은 한동안 우두커니 서서 위지호연이 완전히 사라지는 것을 지켜보았다.

[왜 안 잡았냐?]

'뻔히 알면서 묻지 마.'

머릿속에서 질문하는 허주에게 대답해 주면서 이성민은 몸을 돌렸다.

위지호연도 많은 고민 끝에 내린 선택일 것이다. 단순한 꿈일지 몰라도, 위지호연이 그것을 '단순한 꿈'이라고 생각하지 않았으니까. 그래서 이성민을 떠난 것이다.

[타인의 꿈에 개입할 수 있는 존재는 많지 않다. 이 어르신이 떠올릴 수 있는 것은…… 신령 정도로군.]

'신령이 그녀에게 개입했다는 말인가?'

[모르지. 많이 느낀 일이다만, 너는 인간이 아닌 존재들과 많이 엮이는군.]

'운명인가 보지.'

이성민은 그렇게 중얼거리면서 걷기 시작했다.

어디로 가야 하는가.

우선 사마련주의 말을 따라 사마련의 본관으로 가야 했지만, 사실 그것은 당장 서두를 필요는 없는 일이었다.

그에 대해서는 사마련주에게도 말을 전해 두었다. 사마련에 가기 전에 잠깐 들러두고 싶은 곳이 있다고.

[시간에 맞출 수 있겠나?]

허주도 이성민이 어디로 가야 할 것인지는 알고 있었다. 허주의 질문에 이성민은 고민 없이 머리를 끄덕거렸다.

'충분해.'

이성민은 땅을 박차고 달리기 시작했다.

전생에 자신이 죽었던 곳을 향해.

6장
열쇠

전생에 이성민이 죽었던 던전은, 전생에 그가 살았던 도시 베헨게르에서 그리 멀지 않은 곳에 있다.

전생에 C급 용병으로 활동했던 이성민은 베헨게르를 떠난 적이 없었다.

이성민이 있던 레그로 숲에서 베헨게르까지의 거리는 아득하다. 쉬지 않고 이동해야 던전의 출현 시간을 간신히 맞출 수 있을 것이다.

다행히 시간에 맞출 수 있었다.

자신이 죽었던 장소에 다시 오는 것은 여러 가지로 기분이 이상했다. 물론, 지금의 이성민은 자신이 이 던전에 들어간다고 해서 절대로 죽을 일이 없다는 것을 잘 알고 있었다.

전생에 던전에 도전해서 죽었던 이성민과 지금의 이성민이 가진 힘은 비교가 안 된다.

아직 던전은 출현하지 않았다.

이성민은 자신이 던전을 처음 발견했던 구릉지 위에 주저앉았다.

던전이 출현했던 것은, 전생의 기억에 따르자면 해가 저물기 전. 붉은 노을이 하늘에 번졌을 때.

전생의 이성민은 이 근처에서 몬스터 토벌 의뢰를 수행하고 있었다.

여기서 멀지 않은 숲에서 고블린이 날뛰고 있으니 사냥해 달라는 의뢰였고, 그 정도 의뢰는 C급 용병인 이성민도 어렵잖게 수행이 가능했었다.

고블린 토벌을 끝내고, 돌아가는 길에 해가 저물어 노숙하기 위해 이곳에 야영지를 만들었었다.

그리고 우연히, 던전이 생성되는 것을 보았다.

던전은 처음부터 존재하던 것이 아니라, 갑자기 이 세상에 나타난다. 일부 운이 좋은 모험가들은 던전이 생성되는 것을 목격하고, 그 던전을 토벌하거나 던전에 대한 정보를 비싼 값에 팔아넘긴다.

던전의 안은 상식이 통용되지 않는 별세계다. 위험부담이 크기는 하지만, 던전을 토벌한다면 던전의 내부가 그러하듯이 상식이 통용되지 않는 전리품들을 얻을 수 있다.

그렇기에 던전에 대한 정보는 언제나 고가로 유통되고, 목숨을 걸고 던전을 공략하려는 이들도 넘쳐난다.

전생의 이성민도 마찬가지였다. 27살. 그리 많은 나이는 아니지만 전생의 이성민에게는 아니었다.

그 나이에 C급 용병이라면 이미 실패한 인생과 다름없었다. 하루 버는 돈으로 하루를 먹고 산다. 모아둔 것도 없고 미래에 대한 희망도 없다. 술, 창녀. 그런 것들로 스스로를 위안한다.

죽지 않을 만한 의뢰를 골라 수행하다가는 용병 길드 내에서도 평판이 떨어지고 자연스레 의뢰가 끊기게 된다. 용병 길드가 바라는 것은, 죽을지도 모르는 위험한 의뢰에 몸을 던져 죽을 용병이었기 때문이었다.

당연한 일이다. C급 용병은 넘쳐나니까.

그러한 상황이었고, 그렇기에 조급했다. 그래서 던전을 발견한 순간, 모 아니면 도라는 생각으로 던전에 도전했다가 실패했고, 죽었다.

그래서 지금 이성민이 여기에 있다.

해가 저물어간다.

땅이 부르르 떨린다. 미약한 진동. 이성민은 앉았던 몸을 일으켰다.

천천히 몸을 일으킨 이성민은 구릉지 아래를 보았다. 아까까지만 해도 없었던, 작은 유적이 흙무더기 사이에 솟구쳐 있었다.

"흠."

이성민은 얼굴에 쓰고 있는 귀신 가면을 어루만지면서 감각을 넓혔다. 그는 피식 웃을 수밖에 없었다.

전생에는 알지 못했는데 이곳에 있는 것은 이성민 혼자가 아니었다. 멀지 않은 곳에 미약한 존재감들이 감지되었다. 그리 대단한 실력은 아니었지만, 전생의 이성민이라면 감당하지 못했을 이들이다.

'그때에는 주변을 살피지 못했으니까.'

그럴 실력도 안 되었고. 저들도 이성민을 눈치챘을 것이다. 애초에 이성민은 이곳에 도착해서 자신을 숨기지 않고 있었다.

그러면, 어떻게 할까. 저들이 먼저 던전에 들어가는 것을 기다릴까?

아니, 그럴 필요는 없다. 이성민은 천천히 몸을 일으켰다.

귀찮아지기 전에 치워버릴까 생각도 했지만, 그만둔다. 귀찮다고 할 존재들도 아니었기 때문이다.

이성민은 보란 듯이 모습을 숨기지 않고 구릉지로 내려갔다. 그러면서, 의도적으로 힘을 풀어냈다.

쓰고 있는 가면에 억눌리기는 했지만 이성민을 중심으로 하여 끔찍한 불길함이 흘러나왔다.

그것은 내공도 요력도 아니었다. 일 년 동안 이 가면을 쓰고 지냈다. 사마련주가 생각했던 대로, 가면에 의해 내공과 요력이 억제되면서 이성민의 몸은 가면에 적응하는 과정에서 다른 힘을 개발해냈다.

드래곤의 마력.

드래곤 하트를 통째로 먹었으니 마법도 쓸 수 있는 것이 아닐까. 그런 기대를 조금 하기도 했었는데, 아쉽게도 마법은 쓸 수 없었다.

그나마 사용할 수 있게 된 드래곤의 마력도 전부 다 끌어낼 수 있는 것은 아니었다.

애초에 이것은 마력이라고도 할 수가 없었다. 삼킨 드래곤 하트의 마력은, 이성민의 몸 안에서 변질되어 내공과 요력과 흡사한 전혀 다른 힘이 되어버렸다.

[새끼야. 욕심부리지 마. 드래곤의 마법까지 쓰게 되면 네가 익힌 무공보다 더 큰 힘인데, 그것까지 바라는 것은 양심이 없는 거지.]

'그래도 아쉽잖아.'

[아쉽기는 개뿔이. 이 어르신한테 고맙게나 생각해라. 이 어르신 덕에 용의 심장을 먹을 수 있었던 것이니까.]

허주가 으스대며 말했다. 말로는 하지 않아도 이성민은 허주에게 많은 고마움을 느끼고 있었다.

물론 내색할 생각은 없었다. 말이나 행동으로 보인다면 허주가 또 잘난 맛에 취해 뭔 헛소리를 해댈지 모르는 일이니까.

[생각하는 것도 느낄 수 있단 말이다, 개새끼야.]

허주가 역정을 냈다.

유적의 입구에서 이성민은 걸음을 멈추었다.

멀지 않은 곳에서 동요가 느껴진다. 이성민이 발했던 불길한 존재감을 감지한 이들이 당황해하고 있었다.

이것으로 알아서 상황 파악을 하고 물러나 주면 좋을 텐데.

'그렇지는 않겠지.'

던전이라는 것은 목숨을 걸게 할 정도로 매혹적인 기회의 요람이다. 그 사실을 잘 알고 있었기 때문에, 이성민은 과격한 방법으로 저들을 제압하거나 하지는 않았다.

유적의 입구에 난 계단은 깊은 지하로 이어져 있었다.

기억하고 있다.

이 계단을 내려가던 도중에 부유감을 느꼈고, 정신을 차렸을 때에는 천장이 석벽으로 가로막힌 외길에 서 있었다.

미로 형식의 던전. 다양한 함정이 있었고, 전생의 이성민은 가진 모든 재주를 쥐어짜 내 함정을 피하고 무리해서 돌파하는 식으로 진행해 나갔었다.

'몬스터를 만나지는 않았어.'

던전도 형태가 다양하다.

이성민이 몇 년 전에 백소고를 구하기 위해 들어갔던 도플갱어의 던전처럼, 상식을 벗어난 괴상망측한 몬스터들이 즐비한 던전도 있고, 몬스터는 출현하지 않지만 다양한 함정과 마법 트랩이 깔린 던전도 있다. 그 둘이 뒤섞인 던전도 있고. 던전이 어떤 형태인지는 들어가 보지 않는다면 알 수가 없다.

전생대로의 기억이라면 이 던전은 몬스터가 출현하지 않는, 함정이 가득한 미로형 던전이었다.

부유감이 찾아왔다.

이성민은 저항하지 않고서 부유감이 끝나는 것을 기다렸다.

타악.

두 발이 땅에 닿았을 때, 이성민은 천장을 올려다보았다. 천장이 있었고, 앞에는 외길이 펼쳐져 있다.

이성민은 주저하지 않고 걷기 시작했다. 펼쳐진 기감이 밟지도 않은 함정의 존재들을 알린다. 뛰어넘을 필요는 없었다. 함정의 앞에 선 이성민의 단전에서 내공과 요력, 그리고 드래곤의 힘이 꿈틀거린다.

파직!

검은 전류가 튀어 오르고, 이성민의 모습이 그 자리에서 사라졌다. 그는 복잡한 함정을 단숨에 뛰어넘어 그 건너편에 섰다. 흑뢰번천의 심득이 섞인 무영탈혼, 그중 칠식인 질풍신뢰가 펼쳐졌다.

이성민은 다시 땅에 닿은 발을 비비면서 뒤를 힐긋 보았다. 일 년 동안 요정의 숲에서 사마련주가 준 무공을 수행했다. 때로는 위지호연과 비무도 하였고, 사마련주와도 비무해 보았다.

비무라기보다는 일방적인 구타였을 뿐이었지만. 사마련주와의 비무와 그 끝에서 그가 해준 조언들은 굉장한 도움이 되었다. 덕분에 사마련주만큼은 아니어도 질풍신뢰를 펼칠 수 있게 되었다.

[생각했던 것보다 짧았군.]

'거리를 조절하는 것이 꽤 힘드니까.'

허주가 심드렁하니 품평했고, 이성민은 어깨를 으쓱거렸다. 흑뢰번천을 적극적으로 사용하기 시작하니 함정은 의미가 없었다.

애초에 초반부의 함정은 그리 대단한 것들이 아니다. C급 용병이었던 이성민도 죽기 살기로 돌파할 수 있었을 정도이니, 지금의 이성민이 함정을 제대로 밟는다고 하더라도 위험은 전혀 일어나지 않을 것이다.

갈림길의 앞에서 이성민은 기억대로 왼쪽을 선택했다.

여기서 조금 더 진행하면 전생의 돌을 손에 넣은 방을 만나게 된다.

전생의 돌을 다시 얻는다고 해서 죽어서 과거로 돌아갈 수 있게 되는 것은 아니겠지만, 우선 전생의 돌을 확보할 생각이었다.

이성민의 걸음이 멈추었다.

낡은 문이 이성민의 앞에 있었다. 방 안에는 작은 상자가 있을 것이고, 그 상자 안에는 전생의 돌이 있다. 이성민은 가볍게 심호흡을 한 뒤에 문고리를 잡았다.

문고리를 돌리고 안으로 들어간다. 이성민은 천천히 방 안으로 들어갔다. 전생과 똑같았다. 넓지 않은 방의 한가운데에 상자가 놓여 있다.

이성민은 망설이지 않고 상자를 손으로 열었다. 상자 안에는 주먹만 한 크기의 돌 하나가 덩그러니 놓여 있을 뿐이다.

[이게 그거냐?]

"응."

이성민은 목소리로 대답하면서 머리를 끄덕거렸다.

[이 어르신이 보기에는 그냥 돌 같은데. 저걸 손에 넣는 것만으로…… 죽음을 맞았을 때 과거로 돌아갈 수 있게 된단 말이냐?]

"나는 그랬어."

[믿기 힘든 말이로군. 이 어르신은 마법에 대해 잘 알지는 못한다만, 죽음의 순간에 과거로 되돌리는 마법은 드래곤에게도

불가능한 일일 텐데.]

하지만 이성민이 겪었던 일인 것은 틀림없는 사실이다. 이성민은 손을 뻗어 전생의 돌을 움켜쥐었다.

웅, 웅, 웅.

이성민의 손에 잡힌 전생의 돌이 꿈틀거리기 시작했다.

여기서부터는 전생과는 다르다. 전생의 이성민이 움켜잡았을 때, 전생의 돌은 아무런 변화도 보이지 않았었다.

그때 이성민도 뭔지 모르고 그냥 돌이라 생각하여 품에 넣어두었었다.

[전생자가 다시 돌을 잡았습니다.]

머릿속에서 그런 목소리가 들린다. 스킬을 익히려 할 때에, 머릿속에 들리던 목소리와 똑같은 목소리였다.

[전생자가 다시 이곳에 돌아왔음이 확인되었습니다.]

그 말이 마지막이었다. 이성민의 손안에서 꿈틀거리던 전생의 돌이 가루가 되어 흩어졌다.

그리고, 흩어진 가루가 다시 이성민의 손바닥 안으로 모여들었다. 그것은 더 이상 돌이 아니었다. 이성민의 손 위에 올라와 있는 것은 황금색으로 빛나는 묵직한 열쇠였다.

"이건 뭐야……?"

이성민은 당황하여 열쇠를 내려 보았다. 이성민의 머릿속에서 모든 것을 지켜보고 있던 허주조차도 갑작스러운 상황에 놀라 버렸다.

전생의 돌이 뭔지 모를 열쇠가 된 이유에 대해 생각하기도 전에. 공간 전체가 뒤흔들리기 시작했다.

[뭔가 일어나고 있다.]

허주가 경고했다. 이성민은 즉시 움직였다.

그는 들어왔던 문을 열고서 방 밖으로 나왔다. 하지만 왔던 길을 되돌아갈 수는 없었다. 던전에 들어온 이상, 던전을 나가기 위해서는 던전의 끝에 있는 보스 몬스터를 쓰러뜨리는 것이 먼저다.

쿵, 쿵, 쿵.

던전 전체가 뒤흔들린다. 외길이 일렁거리고 천장이 바들거리며 떨린다.

이런 경험은 전생과 현생을 통틀어 처음이었기에 이성민은 긴장할 수밖에 없었다. 가면으로 요력과 내공을 통제하고 있을 때가 아니었기에, 이성민은 얼굴에 쓰고 있던 가면을 완전히 벗었다.

콰르르르!

발밑이 무너지고 이성민의 몸이 아래로 추락했다. 그는 당황하지 않고 허공에 몸을 붙들려 했다. 아니, 그럴 필요가 없었다. 짧은 추락의 도중에 던전이 완전히 사라져 버렸다.

보이지 않던 바닥은 어느새 이성민의 발에 닿아 있었다. 이성민은 당황하여 주변을 둘러보았다.

그는 어느새 던전의 밖에 나와 있었다. 던전의 입구였던 유적지가 이성민이 보는 앞에서 무너져 내리고 있었다.

[귀찮게 던전을 돌파할 필요는 없어졌군.]

허주가 중얼거렸다.

7장
제나비스

이성민은 자신의 손바닥 위에 올라가 있는 열쇠를 내려다보았다.

전생의 돌이 변화한 열쇠. 뭔지 파악해 보고 싶었지만 당장 파악할 수 있는 방법은 없었다.

이런 뭔지 모를 물건을 감정하기 위해서는 도시에 있는 감정소에 가서 감정을 의뢰해야만 한다.

'우선 네블을……'

물론 에레브리사의 회원인 이성민은 도시까지 찾아가서 감정소에 들릴 필요는 없다.

이성민은 네블을 불러 감정을 의뢰하려 했다. 그때, 구릉 위에서 몇몇 사람들이 내려와 이성민 쪽으로 다가왔다.

이성민은 벗어 두었던 가면을 쓰고서 네블을 부르는 것을 뒤로 미루었다. 우선 이 자리를 벗어나는 것이 먼저다.

다가오는 이들은 제법 등급이 높은 용병들처럼 보였지만, 그래 봤자 절정 수준을 조금 웃도는 정도였다.

이성민은 그들을 힐긋 본 뒤에 경공을 펼쳐 자리를 떠났다. 그들 입장에서는 운 좋게 발견한 던전을 빼앗긴 것과 다름없겠지만, 뭐 어쩌겠나. 그들이 재수가 없었던 것인데.

구릉지를 벗어난 이성민은 주변에 아무도 없음을 확인한 뒤에 네블을 불렀다. 이성민의 그림자에서 솟구쳐 올라온 네블은 언제나 그렇듯이 이성민을 향해 꾸벅 머리를 숙였다.

"무슨 일이십니까?"

"물건의 의뢰를 맡기고 싶습니다."

이성민은 손 위에 올라간 열쇠를 들어 올렸다. 네블은 황금색으로 빛나는 열쇠를 보며 머리를 갸웃거렸다.

"열쇠…… 로군요. 어디서 얻으신 겁니까?"

"던전에서 얻었습니다."

"그렇습니까? 우선 제가 받아도 되겠습니까?"

네블이 정중한 투로 물었다. 이성민은 네블과 함께 공간이동을 할 수 없기 때문에, 이런 식으로 물건을 전달할 때에는 네블을 거쳐서 해야만 했다.

네블은 천천히 손을 뻗어 이성민의 손에 올라와 있는 열쇠를 잡으려 했다.

네블의 손끝이 열쇠에 닿는 순간.

파직!

전류가 튀기면서 네블의 손이 뒤로 밀려났다.

"윽?!"

네블이 당황한 소리를 냈다. 그는 열쇠를 만지지 못하고 튕겨져 나간 자신의 손과 열쇠를 번갈아 보았다.

이성민도 이런 일이 벌어질 것이라고는 생각하지 못했기 때문에 눈을 동그랗게 뜨고서 네블을 보았다.

"……잠시만."

네블은 다시 열쇠를 향해 손을 뻗었다. 하지만 결과는 바뀌지 않았다.

이번에도 네블의 손은 열쇠에 닿지 못하고 튕겨 나갔고, 네블은 저릿거리는 손을 쥐었다가 펴면서 미간을 찡그렸다.

"아무래도…… 이 열쇠는 이성민 님에게 귀속되어 있는 것 같습니다."

"귀속……?"

"예. 가끔, 아주 드물게. 이런 물건이 있습니다. 아니, 마법이 걸려 있으니 아티펙트라고 해야 하겠군요. 보통 이런 아이템은 저주에 걸려 있는 것이 대부분입니다만…… 이성민 님에게 귀속되어 있는 이상 제가 가져가는 것은 불가능합니다."

"음……."

네블의 말에 이성민도 미간을 찡그리며 생각에 잠겼다. 열쇠가 뭔지도 모르는데 귀속되어 있다는 것이 꺼림칙했다.

"방법이 없는 겁니까?"

"가까운 도시의 감정사를 찾아가서 아티펙트의 감정을 의뢰해 보시지요. 아니면 저희 측에서 솜씨 좋은 감정사를 소개해 드리겠습니다."

"소개 부탁드립니다."

"알겠습니다."

네블은 그렇게 대답하고서 모습을 감추었다. 그리고 한 시간이 채 지나지 않아 네블이 다시 모습을 드러냈다.

"이곳에서 가장 가까운 도시인 베헨게르에 프로드라는 이름을 가진 감정사가 있습니다. 저희 회원은 아니지만, 정보를 수소문해 보니 이곳에서 가장 가까이 있는 감정사 중에서 그의 솜씨가 가장 좋다고 하는군요."

베헨게르라면 이곳에서 멀지 않다. 이성민의 속도라면 밤이 끝나기 전에 도착할 것이다. 아직 시간이 그리 늦지 않았으니, 서둘러 간다면 바로 감정을 의뢰할 수 있을 것 같았다.

네블에게서 프로드의 위치를 듣고서, 이성민은 경공을 펼쳐 베헨게르로 향했다.

서두른 덕분에 밤이 깊기 전에 이성민은 베헨게르에 도착할 수가 있었다.

거의 10년 만에 도착한 베헨게르는 떠났을 적과 비교해서 여러 가지로 달라진 것들이 많았으나, 전생에 이 도시에서 이 나이가 될 때까지 살았던 이성민에게는 오히려 지금의 베헨게르가 반가웠다.

아직 그리 늦은 시간은 아니다. 이성민은 네블에게 들은 대로 프로드의 감정점으로 향했다. 감정점은 베헨게르의 광장에서 그리 멀지 않은 곳에 있었고, 다행히 문은 닫지 않은 상태였다.

"어서 오십……."

문을 열고 들어간다. 프로드는 알이 두꺼운 안경과 옅은 주름을 가진 중년의 남자였다. 그는 커다란 방갓과 귀신 가면을 쓴 이성민의 모습에 흠칫 놀라 하려던 인사를 끝까지 마치지 못했다.

프로드는 곧 표정을 가다듬으며 질문했다.

"손님이십니까?"

"예."

이성민의 대답에 프로드는 안심한 표정이 되었다. 이성민은 많은 말을 하지 않고 프로드의 앞까지 다가갔다. 그는 프로드의 앞에 있는 테이블 위에 묵직한 열쇠를 올려놓았다.

"열쇠……?"

"던전에서 얻은 열쇠인데, 어디에 쓰는 것인지 알 수가 없습니다."

"던전…… 흠, 알겠습니다."

이성민의 말에도 프로드는 당황하지 않았다. 애초에 감정사를 찾아오는 손님들의 대부분이 오래된 유적지에서 아티펙트를 손에 넣는 이들이나, 던전에서 얻은 아이템의 감정을 의뢰하는 모험가나 용병들이기 때문이다.

"저에게 귀속되었다고 하더군요."

"귀속……?"

프로드는 그 말을 들으며 열쇠를 향해 조심스레 손을 뻗었다.

파직!

열쇠가 손에 닿는 순간, 이번에도 전류가 튀기며 프로드의 손이 뒤로 밀려났다.

"접촉 자체를 차단하고 있군요."

"감정이 가능하겠습니까?"

"일단 시도는 해보겠습니다."

프로드는 그렇게 말하면서 감정을 위한 준비에 들어갔다. 단순 마법만 쓰는 것이라 생각했는데, 그는 다양한 도구를 꺼내 나열해 놓고서 차례대로 도구를 들어 올려 열쇠를 살피기 시작했다.

그러는 과정에서도 그는 입술을 달싹거리며 작은 목소리로 주문을 읊었다.

"헉."

주문을 이어가던 중에, 프로드가 숨을 삼켰다. 그는 급히 주문을 멈추고서 몇 걸음 뒤로 물러섰다. 가만히 프로드를 보던 이성민이 머리를 갸웃거리며 질문했다.

"무슨 일입니까?"

"이건…… 감정이 불가능합니다."

프로드는 창백한 얼굴이 되어 이마를 타고 흐르는 식은땀을 손등으로 닦았다. 그는 꿀꺽 침을 삼키고서는 떨리는 목소리로 말을 이었다.

"다른 감정사에게 가도 저와 똑같은 말을 할 겁니다. 이 열쇠는…… 감정이 불가능합니다."

"그게 대체 무슨 말입니까?"

"열쇠 자체에 아주 복잡한 마법이 걸려 있습니다. 억지로 감정하려 하였다가는 열쇠에 걸린 마법을 피하지 못하고 죽게 됩니다."

그 말에 이성민의 눈썹이 꿈틀거렸다. 그는 테이블 위에 올라간 열쇠를 보면서 다시 질문했다.

"그렇다면 마법 자체를 해제하면 되는 것 아닙니까?"

"그것도 쉽지 않을 것 같습니다. 저 역시 마법사입니다만,

저 열쇠에 걸린 마법은…… 수준이 높고 낮음을 떠나, 아주 난해한 고대의 마법입니다. 마법을 이루고 있는 술식 자체가 현대의 마법과 완전히 달라요. 고대 마법의 전문가가 아니라면 마법의 술식조차도 제대로 파악할 수가 없을 겁니다."

"고대 마법?"

"지금은 사라진 오래된 마법이지요. 죄송합니다, 손님. 감정에 실패했으니 돈은 받지 않을 테니, 이 열쇠의 감정은 제가 아닌 다른 감정사나 마법사에게 부탁해 주시지요."

결국 이성민은 열쇠를 다시 들고서 감정점을 나올 수밖에 없었다.

이성민은 손바닥 위에 올린 열쇠를 수상쩍은 눈으로 내려다보았다.

전생의 돌이 열쇠가 되었고, 이 열쇠는 이성민에게 귀속되어 있다. 거기에 지금은 사장되었다는 고대의 마법으로 보호되어 감정조차 불가능하다. 수상한 점이 한두 개가 아니었다.

"고대의 마법이라……."

다시 부른 네블은 이성민의 질문에 대해 잠깐 동안 생각에 잠겼다. 그는 정보를 수소문하기 위해 모습을 감추지 않고, 조금의 생각 끝에 이성민의 질문에 대답해 주었다.

"고대의 마법에 대해 가장 지식이 높은 인물은 청색 마탑주인 샤오스 님입니다."

청색 마탑주. 직접 만나 본 적은 없었지만, 네블에게 몇 번 이야기는 들었었다. 이성민이 드래곤 하트를 먹기 전, 드래곤 하트를 다룰 수 있는 마법사를 에레브리사에 수소문하였을 때. 청색 마탑주가 드래곤 하트를 꼭 구입하고 싶다는 의사를 밝혔었다.

"그는 어디에 있습니까?"

"샤오스 님은 청색 마탑이 있는 오둔에 계십니다. 특별한 경우가 아닌 한 마탑주들은 마탑을 떠나지 않으니까요."

오둔은 여기서 한참이나 먼 곳이다. 하지만 다행스럽게도, 이성민이 가야 할 곳도 오둔이 있는 방향이었다.

사마련의 본산이 있는 도시인 하라스가 오둔을 지나 있는 곳이었기 때문이었다.

[꺼림칙한 물건을 손에 넣게 되었군.]

허주가 투덜거렸다. 이성민은 열쇠를 아공간 포켓 안에 넣으려 했지만, 귀속되었기 때문인지 아공간 포켓에도 열쇠는 들어가지 않았다.

결국 이성민은 투덜거리며 열쇠를 품 안에 넣을 수밖에 없었다.

[그래도 잃어버릴 일은 없겠구나.]

'어디에 쓰는 물건인지도 모르는데.'

[열쇠라면 무언가를 열기 위해 있는 것이겠지.]

'그건 나도 알아. 뭘 여는 것인지 모르니까 문제인 것이지.'

[문이겠지.]

허주가 심드렁하니 대답했다.

[무슨 문인지는 모르겠다만.]

생각해 봐야 당장 답을 알아낼 수 있는 것은 아니다. 우선 사마련이 있는 하라스에 가는 중에 오둔에 들러 청색 마탑주를 만나 보자. 그렇게 앞으로 해야 할 일을 마음속에 정해두었다.

'기왕 여기까지 왔는데…….'

베헨게르와 제나비스는 그리 멀지 않다. 언젠가 다시 이곳에 오게 될지도 모르지만, 대체 언제가 될지 알 수는 없다.

이성민은 머리를 돌려 제나비스 쪽을 보았다.

제나비스.

이계인들이 처음 소환되어 도착하는 도시. 모든 이계인들이 에리아에서의 삶을 시작하는 도시.

저 도시에서 위지호연과 만났었고, 그 외에도 다양한 만남을 겪었었다.

'언젠가 은혜를 갚겠다고 생각했었어.'

이성민은 제나비스에서 자신에게 호의적으로 대해 주었던 여관 주인인 잭과 노점상인 한스를 떠올렸다.

잭의 딸인 루라도. 지금 생각해 보면, 그들이 보였던 호의는 당시의 이성민이 가지고 있던 괴력난신의 가호 때문이었다.

그렇다고는 해도. 그들이 보였던 호의의 덕을 보지 못했던 것은 아니다. 잭이 싼값에 여관에 투숙하게 해주지 않았더라면, 한스가 아공간 포켓을 비롯하여 다양한 장비들을 싸게 팔아주지 않았더라면.

물론 그렇다고 해서 죽지는 않았겠지만, 여러 가지로 불편한 점이 많았을 것이다.

'인사라도 하고 가자.'

지금 당장 갈 생각은 없었다.

베헨게르의 여관에서 하룻밤을 보내고서, 이른 아침이 되었을 때. 이성민은 여관을 나왔다.

10년도 전에는 제나비스에서 베헨게르까지 도착하는 것에 몇 날 며칠이 걸렸었지만, 지금의 이성민에게는 그리 먼 거리가 아니었다.

제나비스에 도착한 이성민은 가장 먼저 노점상들이 모인 광장을 찾았다. 한스를 찾기 위해서였다. 이성민은 기억에 의존해서 한스가 항상 노점을 차리던 곳을 찾아갔다.

찾았다.

10년이 넘는 시간이 지나서인지 한스는 흰머리가 듬성듬성 난 중년이 되었다.

한스는 돗자리를 펼치고 그 위에 잡다한 물건들을 늘어놓고서 조용히 앉아 있었다.

이성민은 한스의 뒷모습을 보며 빙그레 웃었다. 그는 방갓과 가면을 벗고서 한스의 뒤에 섰다.

"장사는 잘됩니까?"

"응?"

등 뒤에서 들린 목소리에 한스가 머리를 들어 올렸다.

흰 머리도 많아졌지만, 한스의 얼굴에도 주름이 많아졌다. 그는 이성민을 올려 보며 눈을 깜박거리며 머리를 갸웃거렸다.

"……누구쇼?"

한스는 이성민을 알아보지 못했다. 그럴 만도 했다. 10년이 넘는 시간이 흘렀고, 당시 소년이던 이성민은 청년이 되었다.

많은 일을 겪으면서 어린 시절의 모습도 거의 남지 않았다.

이성민은 피식 웃으면서 아공간 포켓에 손을 넣었다. 이성민이 아공간 포켓 안에서 꺼낸 것은, 그가 처음 한스에게 받았던 아공간 포켓이었다.

"이건 기억하십니까?"

"……어……."

한스의 두 눈이 가늘어졌다. 알아보지 못하는 모양이었다. 어쩔 수 없는 일이었다. 노점상을 하면서 많은 사람들에게 물건을 팔았을 테고, 많은 물건을 접했을 테니까. 이성민은 아공간 포켓을 한스에게 건네면서 말했다.

"13년 전에 이곳에 소환되었었고, 그때 당신에게 많은 도움을 받았었습니다."

"……아."

13년 전이라는 말에, 한스의 눈이 크게 떠졌다. 그는 입을 반쯤 벌리고서 벌떡 몸을 일으켰다.

"너, 성민이냐?"

한스가 반색하고서 물었다.

"와, 새끼. 엄청 변했네. 키도 크고, 어깨도 넓어지고. 얼굴도 변하고."

한스가 시시덕거리며 손을 뻗었다.

이성민은 마주 웃어주면서 한스의 손을 맞잡았다.

"여기는 무슨 일로 온 거냐? 돌아올 만한 곳이 아닌데."

"베헨게르 쪽에 볼일이 있어서 이 근처에 왔습니다. 그러다가 옛날 생각이 나서 제나비스에 들렀고요."

"옛날 생각은 무슨. 여기서 얼마나 살았다고?"

한스는 그렇게 말하면서 다시 자리에 털썩 앉았다.

"네 소문은 가끔 들었다. 그게 너인지 아닌지는 확신할 수 없었지만 말이야."

"무슨 소문 말입니까?"

"귀창."

한스가 주변을 슬쩍 둘러보며 말했다.

"그리 좋은 소문은 아니었지만 말이다."

"여러 가지 오해가 많은 소문이지요."

"그 말은…… 네가 귀창이라는 것이군. 맙소사."

한스가 혀를 내두르며 감탄했다.

"13년 전의 그 꼬맹이가 귀창이라는 별호를 가진 유명인이 되었다고. 참…… 사람 일은 알다가도 모른다니깐."

한스는 그렇게 중얼거리면서 돗자리에 깔아 둔 물건들을 힐긋 보았다.

"13년 전에 말이야. 워낙 옛날이라 기억은 잘 안 난다만, 내가 너한테 나름 잘해 주었던 것은…… 뭐랄까. 이상하게 남 보는 것 같지가 않아서였거든. 나는 동생도 없는데, 만약 동생이 있다면 이런 기분이지 않을까. 그래, 꼭 그런 기분이었어."

괴력난신의 가호 때문이다.

"뭐, 기분은 그랬지만, 나는 네가…… 대단한 사람이 될 것이라고 생각했었다. 그래서 미리 잘 보였던 거지. 물건도 싸게 팔아주고. 나는 이 도시에서 많은 이계인들을 보고, 노 클래스들을 봤었는데. 노 클래스 중에서 너만큼 독하고 빠르게 크는 놈은 거의 본 적이 없었어."

그럴 만도 했다. 당시에 이성민이 가지고 있던 재능은 대단하지 않았지만, 재능은 없었어도 전생의 지식을 통해 이성민은 빠르게 성장할 수가 있었다.

거기에 위지호연과 친구가 되는 기연까지 얻었으니 다른 노클래스들과 비교가 안 되는 것이 당연했다.

"잭 아저씨는 만났냐?"

"아뇨. 이제 가려 합니다."

"그러면 빨리 가봐. 나도 슬슬 손님들 올 시간이니까. 그래도 뭐, 다시 얼굴 보니까 좋네. 죽지 않고 살아 있다는 것을 알아서 더 좋고."

한스가 웃으며 말했고, 이성민은 품 안에 손을 넣었다. 그러자 한스가 재빨리 손을 들어 올리더니 머리를 가로저었다.

"아니, 됐다."

"뭐가 말입니까?"

"괜히 은혜 갚는답시고 돈 같은 건 주지 말라고. 13년 전의 일이니 기억도 잘 안 나고, 너한테 해줬던 것 중에서 엄청 대단한 것은 하나도 없었어."

"하지만……."

"괜찮다. 나도 돈 궁해서 이러고 있는 것은 아니니까. 나도 이미 나 먹고살 돈은 다 모아놨거든? 그냥 할 일 없고 심심해서 이러고 있는 것이지."

한스가 그렇게까지 말하면서 거부하자, 이성민은 어쩔 수 없다는 듯이 머리를 끄덕거렸다. 대신, 그는 한스에게 받았던 아공간 포켓을 건네주었다.

"그렇다면 예전에 받은 것만이라도 돌려드리겠습니다."

"새끼."

한스는 피식 웃더니 이성민에게서 받은 아공간 포켓을 열어 보았다. 그러더니 그 안에 손을 쑥 집어넣곤, 그럴 줄 알았다는 듯이 웃음을 흘렸다.

"내가 너한테 보석들을 준 기억은 없는데?"

한스는 아공간 포켓에서 큼직한 보석을 꺼내며 이죽거렸다. 이성민은 쓰게 웃으면서 머리를 가로저었다.

"당신의 입장에서는 대단하지 않은 것들이라고 하여도. 당신이 나에게 해주었던 것들은 당시의 나에게는 충분히 대단한 것들이었습니다. 당신의 도움이 없었더라면 그 당시에…… 나는 살아가는 것이 힘들었을 겁니다."

"아무리 그렇다고 해도 너무 과해. 이 정도로 많이 받고 싶지는 않다고."

한스는 그렇게 투덜거리면서 아공간 포켓 안에 손을 집어넣었다.

그가 꺼낸 것은, 이성민이 넣어 둔 보석 중에서 가장 크기가 작은 놈이었다. 그렇다고는 해도 저것 하나만 잘 판다면 평생 먹고사는 것에 지장은 없을 것이다.

한스는 꺼낸 보석을 자신의 아공간 포켓에 넣으면서 투덜거렸다.

"억지로 주려 하니 안 받을 수도 없고."

한스와 조금 더 잡담을 나눈 뒤에, 이성민은 광장을 떠났다. 한스와 함께 제나비스에서 일 년 동안 신세를 졌던 잭을 만나기 위해서였다.

제나비스는 제법 변했지만, 잭의 여관은 크게 변하지 않았다. 여관 건물을 보수한 것 같기는 하였지만 그래도 옛날 모습이 많이 남아 있었다.

지금 시간이라면 여관 손님들이 아침을 먹을 때인가. 이성민은 13년 전에 먹었던, 이곳에서의 아침을 떠올리며 문을 열고 들어갔다.

"어서 오세요!"

쾌활한 목소리가 들렸다. 잭의 목소리는 아니었다. 소리가 들린 방향을 보자, 긴 머리를 묶은 여자가 주방 쪽에서 머리를 내밀고서 웃고 있었다.

루라.

잭의 딸로, 이성민보다 한 살 나이가 많다. 자연스레 이성민은 13년 전의 기억을 떠올리며 피식 웃었다.

"숙박이신가요? 아니면 식사?"

"오랜만이야."

두른 앞치마에 손을 닦으며 나오는 루라가 묻자, 이성민은 피식 웃으며 대답해 주었다.

그 말에 루라의 눈이 동그랗게 떠졌다.

"뭐야? 손님이냐?"

주방의 안쪽에서 늙수그레한 목소리가 들려온다. 한스도 늙기는 했지만, 본래부터 중년이었던 잭은 13년이 지나면서 노인에 가깝게 변해 있었다.

그래도 13년 전만큼 체격은 건장했다. 이성민은 잭을 향해 꾸벅 머리를 숙였다.

"오랜만입니다."

"누구……?"

잭이 그랬던 것처럼, 한스와 루라도 이성민을 기억하지 못했다.

너무 많이 변해버린 탓이다.

이성민이 자신을 소개하자 루라의 입이 쩍 벌어졌고 한스도 두 눈을 크게 떴다.

놀람 뒤에는 둘 모두 반가움을 보이면서 이성민을 식탁으로 안내했다.

"왜, 어릴 때 먹던 밥맛이 그립더냐?"

한스가 히죽 웃으며 하는 말에 이성민은 빙그레 웃었다.

이성민의 맞은편에 앉은 루라는 입술을 삐죽거리며 이성민을 위아래로 훑어보았다.

"잘 컸네."

"너도."

"여전히 누나라는 말도 안 하고 말이야. 나 결혼한 건 알아?"

루라가 불쑥 말했다. 그 말에 이성민은 크게 놀라지는 않았다. 루라도 어느덧 서른이 다 되어가는 나이니까, 결혼했다는 것이 놀랄 일은 아니었기 때문이다.

"누구랑 결혼한 거야?"

"네가 떠나고서, 이 도시에 소환된 노 클래스랑. 진즉에 자기 분수를 알아서 모험을 떠나겠답시고 나대지는 않는 녀석이야. 조금 우유부단하기는 하지만, 그래도 좋은 녀석이지."

루라 대신에 한스가 대답했다.

"네 생각이 나서 이 여관에 좋은 조건으로 투숙하게 해주었고, 그 와중에 루라랑 눈이 맞아버렸지 뭐냐."

"눈이 맞기는. 녀석이 나를 일방적으로 꼬셔댄 거지."

루라가 투덜거렸다. 그렇게 말은 하였어도 지금의 남편이 그리 싫지만은 않은 기색이었다.

잘 지내고 있구나. 이성민은 조금 안심하며 머리를 끄덕거렸다.

"남편 분은?"

"일하러 갔지. 남편은 목수야. 솜씨는 그저 그렇지만 열심히 배우고 있어."

루라가 대답했다. 그러는 사이에 한스가 따뜻한 스프와 빵을 가지고 왔다. 그는 입맛을 쩝 다시며 말했다.

"아침이라 해둔 음식이 없군."

"이것으로 충분합니다."

이성민은 14년 전처럼, 빵을 찢어 스프에 찍어 입에 넣었다. 그때와 크게 다를 것이 없는 맛이 났다. 음식이 그리 많지 않아 식사를 마치는 것에는 그리 오랜 시간이 흐르지 않았지만, 오랜만에 만나 나누는 이야기에 자리가 길어졌다.

한스와 루라는 이성민에게 많은 것을 질문하였지만, 소문에 대해서는 묻지 않았다.

어쩌면 저들도 잭처럼, 소문이 무성한 귀창이 이성민이라고 생각하지 못하는 것일지도 모른다. 이성민도 그에 대해서 굳이 말하지는 않았다.

"이만 가보겠습니다."

"벌써?"

이성민이 몸을 일으키자, 루라가 눈을 동그랗게 뜨고서 물었다. 그 말에 이성민은 머리를 끄덕거리며 대답했다.

"응. 다른 곳에 볼일이 있거든."

"갑작스레 오고서는 빨리 가버리네. 기왕 여기까지 온 김에 하루 묵지그래? 네가 묵었던 방이 마침 비어 있거든."

"아니, 괜찮아. 정말로 급해서 그래."

거짓말은 아니었다. 사마련에 가기 전에 청색 마탑에 들러야 한다. 이곳에서 제법 거리가 먼 곳이니 서둘러 가야만 한다.

"아, 그리고."

이성민은 품 안에서 작은 주머니를 꺼냈다. 이곳에 오기 전에 구해 두었던 아공간 포켓이다. 그는 테이블 위에 아공간 포켓을 올려 두고서 말했다.

"이건 음식값이랑, 축의금이야. 너무 늦기는 했지만."

"값을 치를 필요는 없다. 어차피 남는 음식이었는데."

한스가 그렇게 말했지만, 이성민은 내려놓은 아공간 포켓을 다시 챙기지는 않았다.

그는 루라와 한스를 향해 빙긋 웃었다. 그 웃음에 루라가 머리를 갸웃거리며 뭐라고 더 말을 하려 하였지만, 이성민은 그 말을 듣지 않았다.

파직!

둘이 보는 앞에서 이성민은 튀어 오르는 전류와 함께 모습을 감추었다.

아공간 포켓에는 제법 많은 보석을 넣어 두었다. 어쩌면 잭이 그랬던 것처럼 받지 않으려 할 수도 있으니, 이성민은 둘이 반발하기 전에 잽싸게 질풍신뢰로 여관을 빠져나갔다.

[은혜 갚기는 끝났냐?]

허주가 물었다. 여관 밖에서 이성민은 경공을 펼쳤다. 그는 빠르게 제나비스의 성문을 지나면서 대답했다.

"응."

[청색 마탑주라는 놈을 만나러 먼저 갈 생각이었지? 난쟁이들의 마을은 언제 갈 셈이냐?]

난쟁이. 드워프를 말하는 것이다.

원래부터 이성민은 언젠가 드워프의 마을에 한 번 가보겠다고 마음을 먹고 있었다.

드래곤 하트는 정령의 여왕 덕에 먹을 수 있었지만, 드래곤의 비늘과 이빨, 뼈 등은 아직까지 가공하지 못했기 때문이다.

그를 가공하기 위해서는 드워프의 마을을 찾아가, 드워프의 족장을 만나야만 한다.

그렇지만 무턱대고 드워프 족장을 만나러 갈 수는 없었다. 가는 길이야 알고 있었지만, 간다고 해서 드워프 족장과의 만남이 성사되리라는 보장이 없었기 때문이다.

하지만 그것은 요정 여왕인 오슬라 덕에 해결되었다.

숲을 떠나기 전, 이성민은 오슬라를 만났다. 그녀가 가지고 있다는 호의에 대해서 무언가를 얻어낼 수 있지 않을까 하는 생각 때문이었다.

오슬라는 호의에 대한 증명을 대놓고 요구하는 이성민이 어이가 없었던 모양이었지만, 그래도 거절하지는 않고서 이성민에게 몇 가지 도움을 주었다. 드워프 족장과의 만남이 가능해진 것 역시 오슬라의 도움 때문이다.

이성민은 아공간 포켓 안에 넣어 둔 오슬라의 편지를 떠올렸다. 드워프의 족장에게 오슬라가 직접 쓴 편지다.

'드워프의 마을은 가는 길에 들를 수가 없어. 나중에 시간이 된다면 가도록 하지.'

[꼭 그렇지도 않잖아? '말'을 탄다면 금세 갈 수 있을 텐데.]

'세 번밖에 소환할 수가 없는데, 이런 일에 쓰고 싶지 않아. 언젠가 정말 필요한 순간에 사용하고 싶어. 그리고 난 애초에 드워프 마을에 가본 적이 없으니까 말을 소환한다고 해도 그곳까지 가는 것은 불가능해.'

허주가 말한 '말' 역시 오슬라에게 받은 것이다.

세 번밖에 소환할 수가 없지만, 소환한다면 이성민이 가본 적이 있는 곳이라면 세상 어디라도 단숨에 갈 수 있게 된다. 하지만 지금 사용할 생각은 없었다.

제나비스의 성문을 지나고서, 이성민은 쉬지 않고 달렸다.

청색 마탑주, 샤오스가 있는 오둔을 향해.

8장
오둔

연못.

다양한 색을 가진 잉어들이 헤엄쳤고, 여자는 손바닥 위에 올려 둔 먹이를 연못의 수면 위로 뿌리며 잉어들이 모여드는 것을 지켜보았다.

가사가 없는 콧노래를 흥얼거리는 여자의 두 눈은 맑지 않은 탁한 백색이었다.

여자는 아무것도 볼 수 없는 맹인이었으나, 연못에 먹이를 뿌리는 것은 시각이 그리 필요하지 않은 작업이다.

“좋아 보이는군.”

등 뒤에서 중얼거리는 말에 여자의 어깨가 움찔 떨렸다. 그녀는 굳이 뒤를 돌아보지는 않았다.

어차피 두 눈으로 아무것도 볼 수가 없는데 머리를 돌려 무얼 하나.

대신, 그녀는 손바닥에 남아 있던 잉어 먹이를 연못 위에 모조리 부어버렸다.

"나오셨습니까?"

"네가 나와야 할 때라고 알리지 않았나."

영매의 질문에 무신이 답했다.

그는 널찍하여 편해 보이는 회색 무복을 입었고, 하얗게 센 머리는 정돈하지 않아 난발이었다.

수백 년을 살아온 무신에게서 그 세월을 느끼게 해주는 것은 흰 머리와 깊은 두 눈뿐이었다.

그는 무덤덤한 얼굴로 등을 돌리고 선 영매를 보았다. 백 년에 가까운 폐관을 끝내고 나온 무신은 실로 오랜만에 맡는 바깥의 공기에 그리 큰 감흥을 느끼지는 않았다.

폐관을 끝냈음에도 만족을 느끼고 있지도 않았다.

"둘이 죽었다지."

"권존, 검존이 죽었습니다."

"결국 그렇게 되었군. 피할 수 없었던 것인가?"

"권존의 죽음은 제가 보았었으나, 검존의 죽음은 보지 못하였습니다."

"어째서?"

"그건…… 저도 알 수가 없지요."

추궁하는 것이 아니다. 무신은 정말로 궁금해서 저렇게 묻는 것이다. 영매는 한숨을 내쉬며 몸을 완전히 돌렸다. 빛 한 점 없는 탁한 두 눈이 무신에게 향했다.

"저의 예지는 신령과 접신하여 행해지는 것입니다. 신령이 접신하지 않고, 또 저에게 보여주지 않는다면…… 예지할 수가 없습니다."

"그렇지."

영매의 답에 무신은 머리를 끄덕거린다. 예지력이라는 것은 완벽한 것이 아니다.

절대적인 예지라는 것은 세상에 존재하지 않는다. 많은 주술사, 마법사, 점성술사들도 단편적인 미래를 엿보곤 한다.

그러나 에리아, 이 세상에서 영매처럼 확실한 미래를 연속적으로 예지할 수 있는 존재는 영매 외에 존재하지 않는다.

"확실한 것이겠지?"

"저는 거짓을 말할 줄 모릅니다."

"어쩌면 그것부터가 거짓말일지도 모르는 일이지."

영매의 대답에 무신은 큭큭거리며 웃었다. 의심하는 것은…… 아니다. 짓궂을 뿐이지. 영매는 헛기침을 하며 머리를 가로저었다.

"운명들이 움직이기 시작했습니다."

영매가 목소리를 낮추어 소곤거렸다.

"수많은 운명과 성좌의 기운이 소천마에게 모여들고 있습니다."

"미리 확보해 두었다면 좋았을 것을."

"그랬다면 소천마를 확보하는 것에 의미가 없었겠지요. 소천마를 방조하고, 지금이 되었기에 운명과 성좌의 기운이 소천마에게 모인 것입니다."

"신령의 뜻과 신령이 무엇을 보고, 또 무엇을 알았는지. 그것은 아직 인간인 본좌는 알 수가 없다."

무신이 중얼거렸다.

"귀창은?"

"아직 확인되지 않았습니다만, 추측하건대 사마련주와 접촉하여 그와 함께 있는 듯합니다."

"일천이는 참 알 수 없는 놈이란 말이지."

마황 양일천, 사마련주. 오랜 호적수를 떠올리며 무신은 눈썹을 찡그렸다.

백 년 가까이 폐관수련을 했음에도, 본래 폐관하기 전에 무신이 도달했던 경지가 워낙에 높은 탓에 폐관 자체는 무신을 크게 진보하게 하지는 못하였다.

덕분에 무신은 지금도 사마련주와 생사결을 펼칠 때에 반드시 이길 수 있다는 확신을 가지고 있지 못했다.

"귀창에 대해서 신령은 아무 말도 하지 않았나?"

"예."

천외천은 이성민을 죽일 기회가 몇 번이나 있었다. 이성민이 무림맹의 손길이 닿지 않는 남쪽에 가 있었다고 하여도, 천외천이 가진 힘은 무림맹뿐만이 아니다.

당장 육존자 중에서 두 명만 보냈어도 당시의 이성민은 죽일 수 있었을 것이다.

죽이지 않았다.

무신이 그러라 하였고, 영매도 동의했다.

루베스부터였다. 본래 신령은 위지호연을 미리 확보해 두라 말했었고, 천외천은 신령의 뜻에 따라 행동했다.

강제적인 것보다는 어느 정도 자발적으로 오게 하는 것이 좋다 생각하여 권존을 보내 위지호연에게 저주를 걸었고, 위지호연을 나약하게 만들었다.

약해진 그녀가 자신의 처지를 비관하고 그 이상의 강함을 갈망하여 천외천에 투신하게 하는 것이 애초의 목적이었다.

신령이 뜻을 바꾼 것은 루베스에서였다. 정확히 말하자면,

암존이 귀창을 죽이려 했을 때.

처음에는 사마련주의 존재 때문에 신령이 말을 바꾼 것인가 싶었지만, 생각을 거듭할수록 귀창이 수상쩍었다.

당시 암존을 가로막았던 것은 사마련주의 분신이었고, 암존이 목숨을 걸고 덤볐더라면 분신을 쓰러뜨리고 소천마를 확보

할 수 있었을 것이다.

그리고 그 과정에서 소천마를 데려가는 것을 막기 위해 발악하고 있던 귀창은 죽었을 것이다.

'하지만 신령은 귀창에 대해서는 아무런 말도 하지 않았다.'

신령이 침묵했지만, 무신은 귀창을 당장 죽이지 않을 것을 명령했다.

그래도 혹시 모르니 귀창의 행동을 제한하고자, 무림맹의 수장이 된 흑룡협을 통해 귀창에게 마인이라는 누명을 덮어씌워 두었다.

"소천마는 어디에 있지?"

"그녀의 위치 역시 확인되지 않았습니다."

영매가 머리를 숙이며 답했다. 그 말에 무신은 너털웃음을 흘리며 머리를 끄덕거렸다.

"흑룡협은 무림맹주를 맡고 있으니 움직이기 힘들 것이고…… 월후는 본좌의 말을 잘 듣지는 않아. 그래. 창왕은 어떤가?"

"창왕은 소천마보다 귀창에게 관심을 가지고 있습니다."

"그래? 그렇다면 뜻대로 하라 전하게. 소천마는 본좌가 직접 찾아보도록 하지."

무신의 말에 영매가 보이지 않는 눈을 크게 뜨며 감정을 내비쳤다.

하지만 그녀는 반발 섞인 말을 하지는 않았다. 지금의 소천마가 얼마나 강해졌는지는 예상할 수가 없다.

괜히 도존이나 암존을 보냈다가는 역으로 소천마에게 죽임당할 수도 있다.

창왕이나 월후를 보낸다면 확실하게 소천마를 제압할 수 있겠지만, 창왕이나 월후는 육존자 중에서도 특별한 존재들이다.

무신 역시 그를 알고서 어느 정도 양보해 주고 있는 것이고.

"그렇다면 창왕에게 뜻대로 하라 전하겠습니다만…… 귀창을 죽일 생각이십니까?"

"그 역시 창왕의 뜻에 맡기도록 하지."

무신은 그렇게 말하면서 몸을 돌렸다.

"귀창이라는 놈. 만나본 적은 없지만…… 아주 묘한 놈이야. 놈의 목숨 때문에 신령이 뜻을 바꾸지 않았나? 그리고, 이건 본좌의 생각이지만. 신령은 검존이 놈에게 죽는 것을 바랐던 듯해. 아니면 영매, 네가 바라였던가."

그 말에 영매는 머리를 가로저었다.

"제가 그럴 리가 없지 않습니까?"

"권존의 죽음을 막기 위해 검존을 보냈는데, 검존 역시 귀창에게 죽어버렸다. 막을 수 있는…… 아니, 피할 수 있는 죽음이었는데 말이야. 너를 의심하는 것은 아니지만, 상황이 안타깝군."

무신의 중얼거림에 영매가 머리를 깊이 숙였다.

"저 역시 그들의 죽음에는 안타까움을 느끼고 있습니다."

그 말에 무신은 대답하지 않고 껄껄 웃었다. 무신의 몸이 영매의 앞에서 바람이 되어 사라졌다.

영매는 무신이 사라지는 것을 보지는 못했으나, 그의 기척이 사라짐을 느끼고서 한숨을 내쉬었다.

그녀 역시 신령의 뜻을 모두 알지는 못했다.

세상이 호락호락하지 않다는 것.

눈으로 보이는 것과 보이지 않고 숨겨진 것 사이의 괴리가 크다는 것.

대다수가 믿고 있는 진실이 사실은 거짓일지도 모른다는 것.

위에 선 이들이 떠벌리는 말에 선동되어 진실이 묻힌다는 것.

세가를 떠나고, 무림맹으로 향하기 전에도. 남궁희원은 그 사실을 잘 알고 있었다.

그는 우직하지도 미련하지도 않았다. 맨몸으로 무림맹을 향해, 맹주에게 제갈부부…… 아니, 모용서진의 죽음에 대해 따져 물어봤자 맹주가 솔직하게 답해줄 리가 없다. 애초에 만나는 것도 불가능할 것이다.

남궁세가에서 무슨 일이 벌어졌는지 남궁희원은 알고 있었다. 그 역시 에레브리사의 회원이었고, 남궁세가에서 벌어진 일은 대놓고 벌어진 일이라 귀가 있다면 듣지 않을 수가 없었다.

굳이 에레브리사를 통해 정보를 구할 필요도 없이, 아무 술집이나 들어가면 남궁세가에서 벌어진 일들에 대해 떠드는 이야기를 들을 수가 있었다.

남궁세가가 갑자기 찾아온 정체불명의 고수, 아니, C급 용병에게 수난을 겪은 것도 일 년이 넘었다.

남궁희원의 이동속도라면 훨씬 전에 무림맹에 도착해야 했겠지만, 남궁희원은 아직 무림맹에 가지 않았다. 현실을 알았기 때문이다. 혈기와 감정의 충동에 휩쓸려 무림맹에 찾아가서는 안 된다.

모용서진의 죽음에 무림맹이 개입했다는 것은 심증으로는 확실했고, 그것이 사실이라면 무림맹은 세간의 인식처럼 결코 선의 집단이라고는 할 수가 없었다.

그런 무림맹을 찾아가 위선과 거짓에 대해 꾸짖는다면 좋은 꼴을 당하지 않을 것이다.

알고 있다.

그렇다면 무엇을 해야 하는가.

남궁세가를 떠난 남궁희원은 무림맹이 아닌 브레던으로 향했다.

브레던에는 소림이 있다. 소림의 불영대사는 남궁희원이 믿을 수 있는 몇 안 되는 사람 중 하나였다.

불영대사는 늦은 밤 소림의 시선을 피해 자신을 찾아온 남궁희원을 내쫓지 않고 받아주었다. 그 후로 남궁희원은 불영대사의 거처에서 생활하고 있었다. 검을 휘두르는 것보다는 명상을, 소림의 미래라 불리는 지학과도 처음 만나게 되었다.

모용서진의 죽음에 대해 말하자 불영대사는 크게 놀라지는 않았다.

"그럴 줄 알았다."

불영대사는 그렇게 말했었다. 귀창이라고. 불영대사는 낄낄거리며 웃곤 했다.

한때 이성민이 소림에서 수행했던 것을 알기에, 이성민이 그런 일을 저지르지 않았음을 불영대사와 지학은 확신하고 있었다.

"철갑신창의 죽음도 영 꺼림칙해. 서진이와 태령이의 죽음도 그렇고. 작금의 무림맹은…… 묘하다. 아주 묘해."

가끔, 불영대사는 염주를 굴리며 그런 말을 하곤 했다.

"하지만 대놓고 불만을 표할 수는 없는 노릇이지. 위선자에게 위선을 꾸짖는다면 죄송합니다, 다시는 그렇게 하지 않겠습니다. 이렇게 받아들이겠느냐? 끌끌! 무림맹이나 흑룡협뿐만이 아니지. 지금의 세가와 문파 중에 위선되지 않은 이들이 몇

이나 있을 것 같으냐?"

알고 있다. 남궁희원은 자신의 아버지가 나이를 먹어가며 어떻게 변했는지를 확실하게 기억하고 있었다.

패기 넘치던 아버지, 남궁가주는 나이를 먹어가며 현실을 알았고 젊음을 버리는 대신에 이해득실을 따지는 노련함을 취하였다.

불영대사의 거처에 들어가고서 일 년. 남궁희원과 지학은 불영대사의 심부름을 수행하기 위해 그의 거처를 떠났다.

가르칠 것도 없는데 뭐 하러 와서 밥을 축내고 있느냐. 지학과 남궁희원을 내쫓으며, 불영대사는 그렇게 말했다.

마냥 내쫓기만 하지는 않았다. 지학은 품 안에 넣어 둔 불영대사의 서찰을 손으로 더듬으며 염주를 굴렸다.

"무당에 가본 적은 있습니까?"

"없소."

지학의 질문에 남궁희원은 머리를 가로저었다.

"하지만 무당에 대한 소문은 많이 들어보았지. 검선에 대한 소문은 더 많이 들어보았고."

남궁희원의 중얼거림에 지학이 쓰게 웃음을 지었다. 둘은 불영대사의 서찰을 가지고서 검선을 만나러 가고 있었다.

서찰에 무슨 내용이 적힌 것인지는 알 수가 없었으나, 서찰 하나 전하는 것에 지학과 남궁희원 둘을 함께 보낸 것이니 중요한 서찰임이 틀림없었다.

"청명에 대해서도."

남궁희원의 말에 지학은 염주를 굴리는 것을 멈추었다.

개방의 취걸, 소림의 지학, 무당의 청명. 구파일방의 후기지수 중에서 가장 뛰어난 셋이다.

그중 개방의 취걸은 던전에서 왼팔을 잃게 되며 예전만큼 명성이 높지는 않았지만, 지학이나 청명의 명성은 예전과 비교해서도 줄지 않았다.

개방의 소방주인 취걸은 대외적인 자리에서 모습을 보이는 일이 많았으나, 청명과 지학은 대외적인 자리에서 모습을 보인 적이 없다.

특히나 청명은 여러 가지로 신비에 쌓인 인물이었다. 그나마 밝혀진 것은 그가 무당의 최고 고수인 검선의 제자라는 것뿐.

남궁희원은 다시 염주를 만지작거리는 지학을 힐긋 보았다.

"청명을 만나 본 적은 있소?"

"없습니다. 그래서 솔직히 기대가 됩니다. 무당의 미래……라고 불리는 인물이 얼마나 뛰어날지 말입니다."

"그대 역시 소림의 미래라는 말을 듣고 있지 않소?"

"무거운 별명입니다."

지학이 쓰게 웃으며 말했다.

"확실히. 나는 소림의 모든 무공을 익혔습니다. 하지만 그렇다고 해서 내가 소림의 미래라고 불릴 수 있는 것인지는 확신할 수가 없습니다."

남궁희원은 그 말을 들으며 머리를 끄덕거렸다. 지학은 강하다. 남궁희원도 그를 인정하고 있었다.

불영대사의 거처에서 생활하며 그는 지학과 몇 번이나 비무해 보았으나, 단 한 번도 지학을 상대로 승리를 거두지는 못했다.

"이성민 님은 소림에 있을 적에 단 한 번도 저에게 승기를 잡은 적이 없었습니다. 하지만, 남궁희원. 당신이 말하지 않았습니까? 지금의 제가 그와 싸운다면 반드시 패할 것이라고."

"그렇지."

"불쾌한 것은 아닙니다. 다만, 제가 그 정도밖에 안 되는데 어찌 소림의 미래라 불리는 것을 만족스레 받아들일 수 있겠습니까? 제가 진정 소림의 미래가 맞다면, 저는 그 누구에게도 패해서는 아니 됩니다."

그렇게 말하는 지학의 말에는 소림 무학에 대한 자부심이 가득 담겨 있었다.

그렇기에 무겁다고 말하는 것이다. 소림의 미래라 불리고, 그를 받아들이는 이상 절대로 다른 누구에게 패해서는 안 된다.

"청명…… 청명이라."

남궁희원은 그렇게 중얼거리면서 이성민을 떠올렸다.

미혹의 숲에서 보았고, 광장에서 보았던 이성민을.

솔직히 남궁희원은 청명이 아무리 뛰어나다고 하여도 이성민보다 뛰어날 것이라는 생각은 할 수가 없었다.

그 시점에, 이성민은 오둔의 성문을 지나고 있었다.

제나비스에서 오둔에 오기까지. 이성민은 밥을 먹을 때를 제외하고서 가면을 벗지 않았다.

사마련주에게 받은 귀신의 가면은 이제 이성민에게 있어서는 몸의 일부처럼 익숙했다.

단전이 붙잡혀 내공과 요력이 억제되는 감각도 익숙하다.

가면을 쓰고 있는 동안, 이성민은 내공이나 요력을 사용하지 않았다.

대신에 그가 사용하는 것은 몸에 녹아든 드래곤 하트의 힘이었다. 그것은 마력과는 완전히 다른 힘이었고, 이성민도 그 힘이 대체 무엇인지 파악할 수는 없었다.

어쩌면, 그에 대한 답도 청색 마탑주인 샤오스가 알려줄 수 있을지도 모른다. 샤오스는 고대의 마법뿐만이 아니라 이제는 사라진 드래곤에 대해서도 전문가라고 할 수 있는 지식을 갖춘 인물이었기 때문이다.

오둔은 대도시라고 불리기에 충분한 크기를 갖추고 있었

고, 이성민이 본 오둔의 첫인상은 오래된 유적지였다.

도시의 외곽에는 다양한 유적지들이 문화유산처럼 즐비했고, 관광객도 제법 많았다.

이성민은 오둔에 관광 따위를 하러 온 것이 아니었기에, 유적지를 지나 곧바로 청색 마탑으로 향했다.

만남을 미리 약속해 두지는 않았다. 괜히 만남을 미리 약속해 두었다가 귀찮은 일에 엮이게 될지도 모른다는 생각 때문이었다.

이성민은 청색 마탑주라는 샤오스와 얼굴을 마주하고 대화해 본 적은 있었고, 샤오스와 관련된 좋지 않은 소문을 들어본 적이 있는 것도 아니었으나, 그렇다고 해서 샤오스를 믿고 있는 것도 아니었다.

서로의 처지와 입장이 다르다.

이성민이 가진 귀창이라는 별호는 대다수의 사람들에게 우호적으로 받아들여지지 않는다.

몇 년 전의 일이라곤 해도 철갑신창의 죽음과 제갈태령, 모용서진의 죽음에 대한 누명을 쓴 이성민은 마인이라 불리고 있었다.

최근 모습을 보이지 않았다고 하여도, 무림맹이 부린 수작은 훌륭하게 작용하여 이성민에게 마인의 낙인을 찍어 놓았다.

무림맹은 거대한 단체고, 긴 세월 존재해 오면서 다양한 관계를 맺었다. 마법사 길드와도 밀접한 관계를 맺고 있다.

샤오스와 미리 만남에 대한 약속을 잡았을 때에, 샤오스가 그 사실을 무림맹 쪽에 알리지 않을 것임을 이성민은 확신할 수가 없었다.

물론 귀창 이성민이 드래곤 하트를 가지고 있음에 대해 세간에 알려지지는 않았겠지만, 무림맹과의 관계를 떠나 이성민은 샤오스를 신뢰할 수가 없었다.

그렇기에 신중을 기하는 것이다.

'조금 무례하게 보일지도 모르겠지만.'

이성민은 마탑의 건물을 올려 보았다. 그는 주변을 살피고, 감각을 넓혀보았다.

다양한 마법들이 감지되었다. 외곽에서의 침입은 불가능하다. 질풍신뢰를 쓴다고 해도 저 복잡한 마법의 보안에 걸리지 않고 돌파하는 것은 힘들 것 같았다.

이성민은 얌전히 마탑의 입구로 들어갔다. 그는 1층 로비 창구로 다가가 말을 걸었다.

"샤오스 님을 만나기 위해 왔습니다만."

"약속은 잡으셨습니까?"

이성민의 말에 안경을 쓴 남자 마법사가 즉시 질문했다. 그 말에 이성민은 머리를 끄덕거렸다.

그러자 남자 마법사가 눈을 동그랗게 뜨며 되물었다.

"오늘 전해 들은 일정은 없습니다만……?"

"그럴 리가요. 오늘 방문하겠다고 틀림없이 말을 전해 드렸습니다만."

"예……?"

이성민은 뻔뻔한 얼굴로 거짓말을 내뱉었다. 그러자 마법사가 혼란스러운 표정을 지으며 다시 물었다.

"날짜를 잘못 아신 것은 아닙니까?"

"아뇨. 오늘이 틀림없습니다. 설마 샤오스 님이 부재중이신 겁니까?"

"아니…… 그것은 아닙니다. 위에 계십니다만……."

"펜과 종이 좀 빌려주십시오."

샤오스가 마탑에 있음을 확인한 뒤에, 이성민은 마법사에게 펜과 종이를 요구했다.

그는 머뭇거리면서도 펜과 종이를 꺼내 이성민에게 건네주었다. 이성민은 그 종이에 빠르게 글을 적었다.

드래곤 하트.

그렇게 적은 뒤에 종이를 대충 접어 마법사에게 돌려주었다.

"샤오스 님에게 전해 주십시오."

"아…… 예. 잠깐만 기다려 주시겠습니까?"

마법사는 그렇게 말하며 자리를 비웠다. 얼마 지나지 않아 마법사가 돌아왔다.

"이쪽으로 오십시오."

드래곤 하트라는 글자를 보고서, 샤오스는 자신을 찾아온 것이 누구인지 알아차린 모양이었다.

이것으로 충분하다. 샤오스가 악의를 품고 이성민을 압박한다 하여도, 이렇게 갑작스레 방문한 이상 샤오스가 할 수 있는 준비에는 한계가 있을 것이다.

드래곤 하트라는 것은 그만큼 가치가 있는 물건이다.

특히나 마법사라는 족속들은 자신의 흥미와 욕심을 끄는 대상에는 놀라울 정도로 과격해지곤 하니까.

샤오스의 방은 마탑의 최상층에 있었다. 문을 열고 들어간 이성민이 맞닥뜨린 것은 구불거리는 수염을 길게 늘어뜨려 까탈스러워 보이는 노인이었다.

노인은 매부리코에 걸쳐 둔 안경을 손끝으로 밀어 올리며 이성민을 흘겨보았다.

"약속도 안 잡고 찾아오다니."

샤오스가 투덜거렸다.

이성민은 어깨를 으쓱거릴 뿐 반발하지는 않았다. 방문 자체가 무례하다는 것은 스스로도 알고 있었기 때문이었다.

"지나가는 길에 들른 것이라."

"아무리 그렇다고 해도 최소 하루 전에는 말을 해줘야 하는 것 아닌가."

"듣자 하니 오늘 일정도 없으시다던데."

"그게 뭔 상관인가?"

이성민의 뻔뻔한 태도에 샤오스가 역정을 냈다.

그는 기껏 밀어 올린 안경을 벗어두고서 이성민을 노려보았다. 그 사나운 시선을 대수롭지 않게 받아넘기며, 이성민은 샤오스를 향해 다가갔다.

"실제로 보는 것은 처음이군요."

"지난번에는 에레브리사를 통해 이야기만 가볍게 나누었으니까. 한데, 뭔가? 그 가면은?"

샤오스가 손을 들어 이성민이 쓰고 있는 가면을 가리켰다.

"사정이 있어서 쓰고 있습니다."

"평범한 가면 같지는 않은데…… 뭐, 상관없는 일이지."

샤오스는 그렇게 중얼거리며 몸을 일으켰다. 그는 이성민을 위아래로 훑어보며 물었다.

"자네가 드래곤 하트를 먹은 것이 일 년도 전이었지. 벌써 이 년이 다 되어가는군. 뭔가 변화를 느낀 것은 없나?"

말을 하는 것보다는 직접 보여주는 편이 나을 것이다. 이성민은 의식하여 드래곤의 프레셔를 끌어 올렸다.

이전에는 인지하고 다룰 수 없던 힘이었으나, 일 년 동안 가면을 쓰고 지낸 덕일까.

이제는 의식하여 드래곤의 프레셔를 끌어낼 수가 있었다.

흉악한 존재감이 이성민에게서 피어오른다.

만물을 오시하고 스스로가 가장 위대하다 주장하는 오만한 종족의 존재감.

굳은 얼굴로 이성민을 보던 샤오스가 머리를 끄덕거렸다.

"과연, 이게 드래곤의 프레셔인가……."

"전에 느껴 본 적은 있으십니까?"

"그럴 리가. 드래곤은 수백 년 전에 모습을 감추었네. 하지만 기록은 많이 남아 있지. 과연…… 이런 기분이로군. 프레셔를 겪은 이들의 기록들은 표현은 다르지만 뜻은 똑같았지. 고양이 앞에 선 쥐의 기분이라고. 무슨 말인지 알 것 같아."

샤오스는 만족스러운 표정을 지으며 머리를 끄덕거렸다. 이제는 모습을 감춘 드래곤은 마법사들에게 있어서는 매력적인 탐구의 대상이다.

마법의 기원은 드래곤이라 말할 정도로 마법과 드래곤은 밀접하게 엮여 있기 때문이다.

"진짜 드래곤과 비교할 수 없는 것이 아쉽지만 말일세. 드래곤 하트라는 거대한 힘을 인간이 완전히 다루는 것은 불가능하다고 생각했는데, 아무래도 그렇지 않은 모양이군. 아니면 자네가 특별한 것인가?"

"특별하다면 특별하다고 할 수 있겠지요."

"무슨 뜻인가?"

"내 몸은 보통 인간의 몸과는 많이 다릅니다."

"해부해서 볼 수 있다면 좋을 텐데."

샤오스가 아쉽다는 표정을 지으며 쩝 하고 입맛을 다셨다.

샤오스는 은근히 이성민을 해부하는 것을 바라는 듯했지만, 이성민은 당연히 그를 허락해 주지 않았다. 대신에 그는 화제를 바꾸기 위해 현재 자신의 상태에 대해 샤오스에게 간략하게 알려 주었다.

검은 심장에 대해서는 말하지 않는다. 단지, 드래곤 하트의 마력이 몸 안에 녹아들어, 마력과는 전혀 다른 힘이 되었다는 식으로 말해 주었다.

"말만으로는 모르겠군. 뽑아낼 수 있겠나?"

샤오스가 질문했다. 어려운 요구는 아니었다. 이성민은 손끝을 들어 올렸다. 요력도 내공도 아닌 드래곤 하트의 힘이 손끝에 맺힌다.

그것은 자하신공을 거치지 않아 투명한 백색이었다. 손끝을 튕겨 날아간 힘이 거품 방울처럼 둥실 떠올라 샤오스에게 다가갔다.

"흠……."

샤오스는 완드를 꺼내 휘둘렀다. 허공에 복잡한 마법진이 만들어지더니 이성민이 날린 거품 방울을 감쌌다.

"확실히. 마력은 아니군."

"뭡니까?"

"자네는 드래곤 하트를 어떻게 이해하고 있나?"

샤오스가 다른 질문을 했다.

"거대한 마력의 덩어리."

"틀린 말은 아니로군."

그럴 줄 알았다는 듯이, 샤오스가 히죽 웃었다.

"이전에도 드래곤 하트의 파편은 몇 번이나 발견되곤 했네. 대부분이 거대한 마력의 덩어리였지. 하지만 자네가 취한 것은 온전한 드래곤 하트 아니었나?"

아깝게 말이야. 샤오스가 말을 덧붙이며 헛기침을 했다.

"드래곤 하트는 단순한 마력의 덩어리가 아닐세. 말 그대로 드래곤의 심장이고, 하나의 기관이야. 그렇게 생기지는 않았지만."

확실히. 이성민이 가지고 있던 드래곤 하트는 기관이라기보다는 큼지막한 보석에 가까웠었다.

"드래곤의 신체 구조에 대해서는 명확하게 밝혀지지 않았지만…… 나는 오랜 세월 드래곤을 연구했지. 내가 세운 가설에서, 드래곤 하트는 단순한 마력의 덩어리가 아니라. 드래곤을 살아가게 하는 하나의 기관이야. 그래, 심장이지. 사람의 심장이 피를 돌리듯이, 드래곤의 심장은 피와 마력을 몸으로 돌리는 거야."

샤오스는 완드를 밀어 거품 방울을 푹 찔렀다. 그러자 거품 방울처럼 응집되었던 힘이 사방으로 흩어졌다.

"기록상에서 드래곤의 마법은 굉장히 위협적이었네. 기본 중의 기본이라던 파이어 볼조차도 드래곤이 사용한다면 재앙 같은 위력을 냈다고 해. 유입된 마력의 차이와 마법적인 수준도 아득히 달랐겠지만, 내가 생각하기에는…… 그냥 사용한 마력 자체가 달랐던 것 같아. 일반적인 마력이 아닌, 드래곤만이 다룰 수 있는 그런 마력을 사용한 것이지."

"그게 마법 위력에서 차이를 만들었다는 겁니까?"

"그렇지. 해부하지 않아 확신할 수는 없다만, 내가 보기에 자네는…… 드래곤 하트를 먹어 드래곤의 마력을 얻은 것이 아니야. 심장 자체가 드래곤 하트와 흡사하게 변형된 것이지. 그렇기에 이런 이질적인 힘을 사용할 수 있게 된 것이고."

흥미로운 말이었다. 이런 이야기는 사마련주나 오슬라, 허주도 해주지 않았으니까.

이성민은 무의식적으로 자신의 가슴을 더듬었다. 그렇다면 검은 심장이 드래곤 하트와 닮게 변형된 것일까?

"가능하다면 자네의 피를 조금 받고 싶은데. 괜찮겠나?"

"어째서?"

"피를 받는다면 해부하지 않고도 많은 것을 알 수 있을 테니까."

"크게 어려운 일은 아닙니다만……."

이성민은 그렇게 중얼거리면서 품 안에 손을 집어넣었다. 그가 꺼낸 것은 던전에서 얻은 금색 열쇠였다.

샤오스를 만나러 온 것은 지금의 몸 상태에 대해 답을 듣기 위해서이기도 했지만, 이 열쇠가 대체 무엇인지 알아보기 위해서이기도 했다.

"그건 또 뭔가?"

"던전에서 우연찮게 구한 물건인데, 저에게 귀속되었다는 모양입니다."

"귀속……?"

샤오스의 두 눈에 흥미가 담겼다.

그는 눈을 빛내며 이성민에게 다가왔다. 이성민은 손바닥 위에 올려놓은 열쇠를 샤오스가 보기 쉽도록 앞으로 내밀었다.

샤오스는 귀속되었다는 말을 미리 들은 탓인지 열쇠에 손을 대지는 않았다. 대신에 그는 완드를 들어 열쇠를 가리켰다.

길게 이어나간 주문의 뒤에, 완드의 끝에서 푸른빛이 반짝거렸다. 샤오스의 눈이 크게 떠졌다.

"이건…… 고대의 문자로군."

"해석할 수 있으십니까?"

"잠깐…… 잠깐만."

샤오스가 눈을 찡그렸다. 그는 한참 동안 완드를 들고 서서 정신을 집중했다.

이성민에게는 보이지 않는, 열쇠에 얽혀 있는 고대의 문자를 해석하기 위함이었다.

"너무 많아…… 마법의 술식 같은데…… 도서관?"

"도서관?"

"도서관…… 이 단어는 도서관인데……."

샤오스가 끙 하고 앓는 소리를 냈다. 그가 고대 문자와 드래곤의 전문가라고는 하여도, 둘 모두가 이미 오래전에 사라진 것들이다.

기록상 남은 고대 문자는 극히 일부분뿐이고, 그 일부분을 모두 알고 있다 하여도 마법 술식을 완전히 해석하는 것은 불가능한 일이다.

"이 열쇠는…… 어떤 도서관의 마법을 해제하기 위한 열쇠인 것 같은데…… 도서관…… 도서관이라. 고대의 마법으로 보호되는 도서관 같은 것이 존재한단 말인가……?"

샤오스도 열쇠에 얽힌 고대어를 완전히 해석하지는 못했다. 어떤 도서관에 들어가기 위해 필요한 것.

샤오스가 파악한 것은 그것이 전부였고, 이성민은 아쉬움을 느낄 수밖에 없었다.

사마련에 가는 길에 들른 것이기는 하였지만, 나름 기대를 하고 온 것인데 정작 중요한 열쇠에 대해 많은 말을 듣지는 못했기 때문이다.

결국 이성민은 샤오스가 요구한 대로, 피를 몇 방울 건네는 것으로 샤오스와의 만남을 마쳤다.

"오둔을 떠날 건가?"

"이 도시에서의 볼일은 끝났으니까요."

샤오스는 조금 아쉽다는 표정을 지었다. 아무래도 이성민을 해부하고 싶다는 미련을 채 버리지 못한 모양이었다.

[도서관, 열쇠…… 알 수 없는 말이로군.]

마탑을 나오자 허주가 투덜거렸다. 이성민은 품 안에 넣은 열쇠를 더듬으면서 미간을 찡그렸다.

중요한 물건임은 틀림없었지만, 파악한 정보가 너무나도 적다.

'일단 나중에. 하라스는 이곳에서 멀지 않아.'

이성민은 당장의 미련을 우선은 접어 두었다.

to be continued